新装版

愛

ウラジーミル・ソローキン

亀山郁夫 訳

Сборник рассказов

Владимир Сорокин

国書刊行会

新装版　愛▼目次

愛

愛　Любовь

ちがうね、諸君、もう一度言うが、それはちがう。君たちは若いし、頬っぺたにも熟れた林檎みたいな赤みがさしている。ジーンズだって擦りきれ、声も明るく甲高い。だがね、ステパン・イリイチ・モロゾフが恋人のワレンチーナを愛したような愛し方はどのみち絶対にできっこないんだ。議論は無用だ。それにその火のついたタバコ、目の前で振るのをやめてくれんか。話の腰を折るなよ。この老いぼれの話を聞き、しっかり頭に焼きつけるんだな。こいつはずいぶんと昔の話だ。わしはまだ君たちよりも若かった。ジーンズもなければステレオのラジカセもなく、はやりの腕時計なんてものもなかった。あったのは、せいぜい自家製のシャツと、脂身でてかてかに塗りあげたブーツ、それと背負い袋くらいのものだったかね。その背負い袋にしたって、入っていたのは丸パン一切れぐらいのもので、他には何もなかった。かわりに力はあり余るほどあったぞ。はちきれんばかりに健康だった。そして世の中に出て一人前になりたい、町に出て勉強がしたい、勉強が終わったら、汽船を建造し、その船で人々を世界中好きなところに運んでやりたい、とそんな思い一筋だったんだ。そこでわしは専門学校に入るため町に出かけていった。わしは頭がよく、呑みこみもはやかった。その頃はろくに食うものもなく、貧乏生活に首まで浸かっていたがな、村の学校をオール5に近い成績で卒業できたので、ナターリヤ・カリストラトヴナっていうだいぶ前に死んだ担任の教師が、卒業証書に専門学校の校長に宛てた推薦状を添えてくれた。その教師は、推薦状に、わしは優秀な生徒で、物理と数学に秀《ひい》で、幾何学もよくできる、しかし何より大事なのは、何でも自分で造れる特技の持ち主である、と書いてくれた。たとえば、鈴や鳴子のついた風変わりな風見鶏や、マストと帆のある船や、蒸気の力でかなりのスピードが出る自動式の四輪車、その他もろもろだよ。じつに気のきく、立派な女教師だった。で、町に着くと、わしはその足で校長の許を訪れた。上背のあるなかなか押しだしのいい人物でね、椅子から立ってわしを迎え、軍服の裾を正してから、こう尋ねてきた。君は何者かね、どんな用事でいらっしゃった、と。わしは一部始終をこまかに話し、卒業証書と推薦状を見せた。卒業証書に目を通し、推薦状を読み終えると、校長はこっちに向かってにっこりと微笑んで言うんだ。よかろう、ヴィクトル・フロロフ君、ええと、こちらが入寮指令書、で、こちらが入試許可書だ。試験はとっくに済んじまったが、よかろう、君がたいへん有能ということであれば、特別に例外措置を設けることにしよう。君はわれわれの専門学校で勉強することになる、そこでわしは一つ君に仕事を……

……………………………………

……………………………………

……………………………………

……………………………………

……………………………………

……………………………………

……………………………………

……………………………………

……………………………………

……………………………………

……………………………………

……………………………………

……………………………………

……………………………………………………………………
……………………………………………………………………
……………………………………………………………………
……………………………………………………………………
……………………………………………………………………
……………………………………………………………………
……………………………………………………………………
……………………………………………………………………
……………………………………………………………………
……………………………………………………………………
……………………………………………………………………
……………………………………………………………………
……………………………………………………………………
……………………………………………………………………
……………………………………………………………………
………………………………………………………………手で

つかんで、こっちに運んで来た。わしはまるで生きた心地もせず、何をしたらよいかも分からずつっ立っていた。やつが耳なれぬ声で叫んだ。エンジンをかけろ！　やつの目は火のようにらんらんと燃え、機関車のボイラーさながらだったな。わしはスイッチアームに飛びつきぐるりと回した。するとギアがぐいと動き、わしらの機械が動きだした。フライホイールのついたピストンロッドが動きはじめたんだ。お天道さまの光を浴びてオイルがきらきら輝いていたね。で、やつはわしにレバーを指さし、機械音に負けじとますます大声を張り上げる。右のレバー、そう右のレバーだ、この糞ったれ！　そうどなりつつ、やつも震えがとまらない。わしはレバーをつかみ、ぐいと引っぱって、脇に跳びのいた。すると右のレバーがうなり始め、青い煙を吹きあげながらばったんばったんいいだした。車輪と滑車とつやつやしたローラーが一斉に動きだす。わしは壁にぴったり張り付いたままさ。震えがどうにも止まらず、歯と歯はがちがちいってかみ合わない。そこでステパン・イリイチは右のレバーに飛びかかり、輪型をむんずとつかんでぐるりと回し、台座を開いて、そいつを足で一度、二度、三度と蹴りあげた。台座のカバーがふっとび、あやうくわしの体をかすめた。で、やつはもう一つのカバーも蹴りあげた。そいつも軽くふっとんでった。で、上のほうからどんどんというノックの音がし、いったい何の騒ぎだって叫んでいる。わしは全身から血の気が失せ、膝ががくがくいい、両手はまるで編み鞭のように垂れたままさ。まるで体がマヒしたみたいにつっ立ち、事のなりゆきを見つめていた。するとやつはカバーを叩き割り、テーブルに駆けよると、ちっちゃな両腕でワレンチーナを抱きよせ、突然台座の下に彼女を投げ落としたんだ。愛する母さん！　ぼきぼきと砕ける音、ぴちゃぴちゃいう音がする。ミシンオイルのまじった血が四方八方に流れだしている。でもやつはそっちのほうに目をくれない。やつは棚にかけより、雑巾でくるんだあの耳をてっぺんの棚からとりだし、もみくちゃにし、唇につけると、涙ながらにこう言う。ごめんよ、許してくれ、絶対におれを恨まないでくれ。それから精液の入ったガラスびんをつかみ、そいつをわしの頭に叩きつけた。びんが砕け、精液がわしの顔をだらだらと流れだした。そこでやつは耳を懐のポケットにしまうと、腰かけで窓を叩き割り、八階からツバメのようにまっさかさまに落ちていった。死体はむろんこなごなさ。で、その後わしはショックのあまり病院に一月ほど入院し、とうとう仕事をやめた。さて、諸君、わしの話はこれでおしまいだが、君たちはそれでも、ベアトリーチェ、ベアトリーチェと言ってきかないわけだ。

別れ　Прощание

透けて見えるほどの薄いもやが、東の空でにわかにバラ色に染まり、黄色い煌きに切り裂かれた。瞬く間に数分が過ぎ、森の端から太陽がわずかに顔をのぞかせた。

コンスタンチンは、夜の間根もとから謎めいた光を放っていた腐った大きな切り株から腰を上げると、外套の裾を合わせて崖のほうに歩み寄った。

それまで短く声を交わすだけだった鳥たちは、まるで日の出を歓迎するかのように大声で歌いはじめた。

コンスタンチンはスゲやスギゴケがびっしりと生い茂る崖に近づくと、その一番へりに立った。

暗緑色のおびただしい葦の茂みに縁どられた一筋の広い川が眼下に流れていた。

川面は穏やかで、さざなみひとつなく、そよとも揺れる気配はなかった。ただ、緑がかったその深みで、謎めいた生き物のような水草がかすかに揺れているだけだった。

コンスタンチンはシガレットケースを取りだして、蓋を開けた。彼の冷たい指の間で、巻きタバコはかさかさと朝らしい乾いた音を立てた。彼はタバコをふかしはじめた。タバコの煙はふっくらと柔らかに見えた。

森から顔を出そうとしている太陽を眺めながら、コンスタンチンは微笑みを浮かべ、疲れた様子で片方の頬をこすった。

「それにしても、結構つらいもんだな、生まれ故郷を出るっていうのは」悲しみにかられて彼は思った。「自分が育った場所、道の一つ一つ、木の一本一本までなじみある場所を出るっていうのは……でも、おれは、昨日、ジナイーダとセルゲイ・イリイチの前で大見得を切っちまった。おれは出ていく、おさらばさ、などとでかい口きいてさ。これから長い旅にでるんだ、そして新しい町々、新しい人々と……。まったく、変わり者だよ、おれっていうのは……」

彼はタバコの灰を払った。灰色をした円筒状の小さな塊が下に落ちていき、葦の茂みのなかに消えた。

川の真ん中が急に波立った。

大きな魚が水面に跳ねたのだ。一度、二度、三度と。

次第に大きくなる三つの波紋はたがいに交差しあい、岸に近づいていった。

「あれはカマスにちがいない。見ろ、あの跳ねっぷり。尾っぽまで光ってる。きっと四キロはあるぞ。ここじゃそうはお目にかかれないやつだ」

彼はふと、一〇歳の頃はじめてカマスを引きあげた時のことを思いだし、貪るようにタバコの煙を吸いこんだ。あの時も同じように雲ひとつない夏の朝だった。川縁には人っこ一人なく、ずいぶんと長い間待っていたにもかかわらず、一匹のあたりもなかった。年寄りの漁師のミヘイ爺さんに教わったとおり、銅の十字架をかけた編み糸の切れはしを釣り針につけようとした矢先のことだ。いきなり浮きが水中に消え、釣り糸が水面でシュッと音を立てて、釣り竿が弓形にしなった。こうして、ブロンドの髪を突っ立てた若者と、目に見えぬ魚との闘いが始まった。そして彼は魚を引きあげた。水でぐっしょり濡れ、興奮のあまり震えながら、彼は魚を引きあげ、その頃はまだ葦の茂ってなかった砂地に放り投げた……。

彼はもう一度タバコの煙を吸い込むと、鼻の穴からゆっくりと吐き出した。

「そう、何もかもなじみのものばかりだ。何しろ三七年間もここに住んできたんだ。ガキの頃、おれはこの川で水浴びをし、あの粗末な橋から裸足をぶらんと垂らして、魚釣りしたっけな。ちょっと大人になってからは、ここに腰かけていろんな本を読んだもんだ。遠い国の話とか、命知らずの冒険家の話とか、恋の話とか。それからこのおれも恋に落ちた。激しくて、きちがいじみて、引き返しがきかない恋だった。そしてこの白樺林で恋人とはじめてのキスをした。柔らかい、興奮した唇にキスをしたんだ……」

森から抜け出した太陽が朝もやの名残りをすっかり追い払い、目がくらむほどに燦々と輝いていた。ツバメたちが川の上空をくるくると輪を描きながら飛びまわり、水面すれすれまで急降下したかと思うと、ふたたび舞い上がっていった。

ターニャと逢いびきをしたのもこの場所、体を寄せあうように茂っている三本の白樺の木の下だった。逢いびきはいつも、太陽が沈む夕暮れ時と決まっていて、森の上空には真っ赤な光の帯がたなびき、村からはアコーディオンの音が聞こえていた。ターニャ。亜麻色の髪をきゅっとお下げに編んだ可愛いターニャ……。

どんなにターニャを愛していたことか。すらりとした体に更紗の薄いワンピースをまとい、日焼けした細い腕からは干し草や野の花の香りが漂っていた……。

滑らかな若い白樺の幹に体を押しつけて彼は彼女にキスをした。その幹は夜になってもぬくもりがあった。

はじめは弱々しく体をかわしていたが、やがて自分から彼を抱きしめ、キスをするのだった。ぎこちなく、優しく、こっけいに。

「あなたって、鷹に似てるわ」彼女は微笑み、彼の頰をなでながら、時々そう口にした。

「鷹だって？」コンスタンチンはにやりと笑った。「てことは、ぼくは羽毛に被われてるってわけだ！」

「笑わないで」と彼女は遮るように言った。「笑わないで……」

そして早口に熱いささやき声でこう言い添えるのだった。

「だって、あたし……あなたのことがとっても好きなんだもの、コースチャ」

それがすべてだった。ここではまた……。

コンスタンチンは吸いさしのタバコを崖下に投げすてると、外套の折り返しを両手でつかんで、胸一杯に呼吸した。

川や煙のにおいのする朝の冷気に、彼は途方もなくうっとりとなった。

「それにしても故郷って何なんだ？」コンスタンチンは太陽の光を浴びて目覚めていく森や、青い空や川を眺めながら、ふと思った。「この短い言葉におれたちは何を込めようとしているんだ？　国土か？　国民か？　国家か？　でも、ひょっとして、胡桃の木の釣竿と釣りあげたフナを何匹も入れた缶を手に、裸足で走りまわった子ども時代のことではないか？　それともあの白樺だろうか？　それとも亜麻色のお下げ髪をしたあの娘だろうか？」

彼はもう一度深く息を吸った。光がいっぱいに溢れた大気がどんどん暖まり、ツバメたちが澄みきった水の上で鳴きたてている。

晴れ渡った夏の朝だった。

そう、そう。晴れ渡った夏の朝。

それはかつてあり、現にあり、そしてこれからもある。

どこにも逃げていきはしない。

そしてこの朝立ちの堂々たるや。

長くて、

太い。

青筋を立てて震えている。

ワインレッドの冠を戴き、ザーメンの青白いリングを首にかけて。

菫色の太い静脈を蛇行させて。

茜色の疣をつけて。

つんと鼻をつく匂いを漂わせ。

自習　Свободный урок

チェルヌイシは大笑いしているゲーラに更衣室の脇で追いつくと、襟首をひっつかんで後ろに引き摺りだした。

「さっさと行けよ……行けったら……おとなしくしろ……いますぐみんなに全部ぶちまけてやる」

ゲーラは相変わらず笑いながら、木の柵にしがみついて叫んだ。

「助けて！　追いはぎ！」

ゲーラの甲高い声が人気のない学校の廊下に響きわたった。

「さっさと歩けってば……」チェルヌイシは、インクで汚れたゲーラの手を柵から引き離そうとしながら、押し殺した声で言った。「今すぐサーシカを呼ぶぞ……おとなしくしろ、それでいい」

「助けて！」

ゲーラは体をのけぞらせ、チェルヌイシの顎に後頭部で一撃を加えると、大声で笑いだした。

「この野郎……」チェルヌイシは彼を更衣室から引き離して引きずっていく。濃紺の制服の上着がゲーラの頭までずり上がり、床のタイルに靴がこすれだした。

「わかった、もういい、チョールヌイ……君の勝ちだ……いいだろ……」

「おとなしくしろよ……」

後ろから甲高い足音が聞こえてくる。

「チェルヌイシ！」廊下に声が響きわたった。

チェルヌイシは立ちどまった。

「いったいどういうこと？」ジナイーダ・ミハイロヴナがつかつかと歩み寄ってきて、彼の肩をつかみ、ゲーラから引き離した。「どういうことって聞いてるの！」

自由になったゲーラは起き上がると、上着を引っ張って服装を整えた。

チェルヌイシはふふんと鼻を鳴らし、壁のほうに目をやった。

ゲーラもつられてそっちを見やった。

「あなたたち、どうして授業をさぼったの?」ジナイーダ・ミハイロヴナは両腕を前に組んで言った。

「ぼくたちじつは……ジナイーダ・ミハイロヴナ……その、早く終わったんです……自習だったもので……」

「だれのクラス?　五年B組ね?」

「そうです」

「じゃあ、いったいどういうこと?　なぜ、自習なの?」

「スヴェトラーナ・ニコラーエヴナが病気になったんです」

「あら、そう。でも、それがどうかした?　いま、ふざけてていい時間かしら?　ゲラシメンコ!　いったいどういうこと?　どうして学校中に聞こえるような声でわめいているの?」

ゲーラは壁のほうを見たままだった。

「タチヤーナ・ボリーソヴナがぼくたちに宿題を出すなり、帰っちゃったんです」

「だから、なんだというの?　どうしてあなたたち学校中を走りまわっているのよ?　ねえ?」

子どもたちは口をつぐんだままだった。

ジナイーダ・ミハイロヴナは一つ大きくため息をつくと、チェルヌイシの肩をつかんで言った。

「ゲラシメンコ、教室に戻りなさい。チェルヌイシ、あなたは私と一緒に来なさい……」

「でも、ジナイーダ・ミハイロヴナ……」

「さあ、早く来るの。ゲラシメンコ、騒がないように言うのよ。先生は、すぐに戻りますから」

ゲーラは走っていった。

教務主任とチェルヌイシは反対の方向に向かって歩きだした。

「行きましょう、チェルヌイシ。すっかりお山の大将になったみたいね。昨日のボリショワといい、今日のゲラシメンコを床に引きずったことといい……」

「ジナイーダ・ミハイロヴナ、おれ、もう二度としませんから……」

「さあ、ぐずぐず言わないで、早く来るの！　昨日、ボリショワは職員室で泣いていたんですから！　ところで、あなた、昨日の放課後、どうして先生のところに来なかったの？　ねえ？　言っておいたでしょう？」

「おれ、行きましたよ。ジナイーダ・ミハイロヴナ、でも、先生のほうがいなかった」

「いなかったですって？　よくもまあ、そんな嘘がつけますね。たいしたもんだわ」

ジナイーダ・ミハイロヴナは自分の教務室まで来ると、ドアを開けた。

「お入り」

チェルヌイシはおもむろに足を踏み入れた。

ジナイーダ・ミハイロヴナがその後から続いて入り、ドアを閉めた。

「ほらね、あなたたちが騒いでいるのが、ここまで聞こえてきたんですよ。学校中に声が聞こえていたってことです」

彼女は鍵の束をデスクに投げだすと、腰を下ろして、チェルヌイシに顎で合図した。

「こっちにいらっしゃい」

彼はのろのろとデスクに近づき、真正面に立った。

ジナイーダ・ミハイロヴナは眼鏡をはずし、眉間を軽くこすると、疲れた様子で彼のほうを見やった。

「どうすればいいのかしらね、チェルヌイシ？」

チェルヌイシはうなだれたまま、口をつぐんでいた。

皺だらけになった赤いピオネール団員章のネクタイが肩のほうにずれていた。

「みんなになんて呼ばれているの？」

「セリョージャです」

「セリョージャ、あなたはいま五年生でしょ。二年もしたら、八年生よ。そうしたらどうするつもり？　このままで九年生に進級させられると思って？　あなたの素行の評価は？」

「可です」

「代数は？」

「良です」

「まずまずね……で、文学は？」

「可です」

「国語は？」

「可……」

「ほらごらんなさい。あなたの志望は熟練工養成学校だったかしら？　どうして答えないの？」

チェルヌイショフは鼻息を立てた。

「いや。ぼく、進学したいんです」

「あなたには似合わないわ。それに、それぐらいの評価だと認められないわね。あんなことばかりしていては」

「ジナイーダ・ミハイロヴナ、でも、ぼく、幾何学は優だし、それに図画も……」

ジナイーダ・ミハイロヴナは眼鏡をケースにしまった。

「ネクタイを直しなさい」

チェルヌイショフは結び目を手探りし、ネクタイを元の位置に戻した。

「あなたのご両親は？」

「父はエンジニアで、母は売り子です。モスクワ・デパートで……」

「そう？　じゃあ、何も問題はないわけよね。それなのにあなた、クリコフのまねをするって気になったのかしら？　でもね、彼は孤児院で育てられたけど、あなたにはパパもママもいるのよ。彼には助言してくれる人がないけど、あなたはどう？　あなたの成績のこと、ご両親は何も考えてらっしゃらないの？」

「いえ、そんなことは……」

「お父さんは宿題帳をちゃんと見ている？」

「見ています」

「で、どうなの？」

「叱られてます……」

「で、あなたは？」

「もう、二度とあんなことはしません、ジナイーダ・ミハイロヴナ」

「あなたはいつもそればかりじゃない、まるでオウムみたいに！　あなたはピオネールよ、つまりれっきとした大人ってわけ！　問題は、する、しないじゃなくって、今後あなたがどうなるか、っていうことなの。分かってる？」

「分かってます……これからちゃんとしますから……」

ジナイーダ・ミハイロヴナはため息をついた。

「信用できないわね、チェルヌイショフ」

「約束します」

「そう、その約束しますをね……」彼女はにやりと笑うと、立ち上がって窓に近づいていき、肉づきのよい肩を寒そうにすくめた。「昨日、ボリショワと何があったの？」

チェルヌイショフは言葉につまった。

「ええと……ぼくはただ……」

「ただ、どうしたの？　女の子を傷つけただけ？　たんに、女の子をつかまえて、傷つけただけなのね！」

「そんなつもりじゃなかったのに……ただ追いかけっこしてただけです……ふざけてたんです」

「ふざけてただけなら、チェルヌイショフ、あんな泣くようなことにはならないでしょ……」

「でも、泣かせるつもりなんてなかったんです」

「だから、あなたはあの子のスカートを引っ張ったのね」

「いいえ、引っ張ってなんかないです……ただ……」

ジナイーダ・ミハイロヴナは彼のほうに近づいていった。

「それなら、なぜ、あんなことをしたの？」

「だって、あいつ、おれのことつねったんです、ジナイーダ・ミハイロヴナ、それに背中も叩かれたし……」

「で、あなたはスカートをめくったわけね？　ピオネールのあなたがスカートをめくったのね？　チェルヌイショフが？　クリコフみたいな町の不良少年だったらよ、先生も驚かないわ。でも、あなたがっていうのは！　去年、市の幾何学コンクールに出たあなたがっていうのは！　あなたも、スカートをめくったのね？」

「でも、ぼく、一度しか……」

「でも、どうして？　どうしてなの？」

「わかりません……」

「でも、目的はなに？　目的って何だったの？　どうなの、あなた、スカートの下をのぞきたかったんでしょう？」

「いや……」

「だったら、なぜ、あの時めくったの？」

「ぼく、分かんないよ」

「きりがないわね！　どうしてスカートをめくったりしたのよ？　どうなの、認める勇気がないのね？　将来のコムソモール員が！」

「でも、ぼくはただ……」

「ただ、スカートの下がどうなってるか、見たかった、でしょ？　さあ、はっきり言ってちょうだい。どうなの？」

「うん……」

ジナイーダ・ミハイロヴナは笑い出した。

「なんて、あなたはおばかさんなの……あなた、ズボンの下に何をはいている？」

「ええと……パンツだけど……」

「女の子も同じ。下にパンツをはいているの。で、何かしら、あなたは、セーターをはいているとでも思ったの？　女の子もパンツはいてるってほんとうに知らないの？」

「知ってます、知ってました……」

「知ってたのなら、どうしてめくったりしたの？」

「それは、あいつがおれをつねったから……」

「あなた、さっき、スカートの下をのぞきたかったって言ったばかりでしょ！」

チェルヌイショフは黙ったきりだった。

「チェルヌイショフ、チェルヌイショフったら……どうしてあなた先生に嘘をつくの？恥ずかしくない？」

「嘘なんかついてません、ジナイーダ・ミハイロヴナ」

「嘘です！　嘘に決まってます！」彼女は彼のほうにかがみ込んで言った。「本当のことを言うのがそんなにつらい？　嘘でしょ！　あなたに興味があったのは、パンツでも、スカートでもないわ！　パンツの下にあるものです！」

チェルヌイショフはますます低くうなだれた。

ジナイーダ・ミハイロヴナは彼の肩を軽く揺すった。

「あなたに興味があったのはそれよ！」

「違う……違うよ……」チェルヌイショフはつぶやくように言った。

「でも、恥ずかしいのはそのことじゃないの。そんなこと、当たり前のことなんですから……恥ずかしいのはね、先生に本当のことが言えないってことなの！　恥ずかしいのはそれよ！」

「ぼく、言えるよ、言える……」

「いや、言えません」

「言えるってば……」

「じゃあ、言ってごらんなさい」

ジナイーダ・ミハイロヴナはデスクに向かって腰を下ろすと、手で顎を支えた。

チェルヌイショフは鼻息をたて、頰を軽くかいた。

「ぼくはその……」

「そのはいりません！」

「ぼくが興味があったのは、その……ただなんとなく……」

ジナイーダ・ミハイロヴナは、分かったわといった様子で首を横にふった。

「チェルヌイショフ、あなた、いくつ？」

「一二です」

「一二ね……もう、立派な大人ね。お姉さん、いる？」

「いません」

ジナイーダ・ミハイロヴナは両手で鉛筆をくるくる回していた。

「いないのね……では、聞くのよ。先週、あなたはニーナ・ザツェピーナと喧嘩をしました。あなたはその時も、彼女のスカートの下をのぞこうとしたわ?!」

「違うよ、違うって……あの時はぼくが……全然別のことで……」

「さあ、先生の目を見て。今度だけは嘘をついちゃだめよ」

チェルヌイショフはうなだれた。

「その時ものぞきたかった。そうでしょ?　ねえ?」

彼はうなずいた。

ジナイーダ・ミハイロヴナは微笑んだ。

「チェルヌイショフ、今度のことで先生はあなたのことをからかっているとか、罰を加えようとしているとか、思わないでね。これはまったく別のことなんですから。あなたは一二でしょ。一番好奇心が強い年齢なの。何でも知りたい、何でも見たい年頃なの。私だって覚えてるわ。私にも昔一二歳のときがあったんですもの。それとも、あなた、教務主任は生まれたときから教務主任だとでも思って?　私にだってうぶな娘の頃があったのよ。でもね、私にはヴォロージャって兄がいたの。そしてある時が来てね、兄がわたしに全部見せてくれたの。ほらって。とてもあっさりと。だから、だれのスカートもめくらずに済んだってわけ。そしてごくふつうの大人に育ったわ。兄は、民間航空のパイロットで、私は学校の教務主任。この通りにね」

チェルヌイショフは上目づかいに彼女を見やった。

ジナイーダ・ミハイロヴナはなおも微笑んでいた。

「この通り、すべてとても単純なことなの。ほんとうに単純でしょ？」

「ふうん……」

「それで、あなた、同じ年くらいの女のいとこはいるの？」

「いません。男のいとこはいますけど……女のいとこはいないんです……」

「じゃあ、ガールフレンドは？　ほんとうのガールフレンドは？　そう、よい意味でのガールフレンドよ、真の友って言えるような？　何でも打ち明けられる？」

「そんなのいません。いません……」

ジナイーダ・ミハイロヴナは鉛筆を脇に置き、こめかみをかいた。

「かわいそうな世代なのよね。姉さんや妹もいなければ、ガールフレンドもいない……。一八にでもなれば目も覚めるだろうけど、ばかなことをしでかすかもしれない……」

およそ一分ほど黙ってから、彼女はつと席を立ち、ドアに近づくと、ノブを二回まわして鍵をかけた。それから、足早にチェルヌイショフの脇を通り、窓のカーテンを引いた。

「いいこと、チェルヌイショフ、よく覚えておくのよ。卑劣な手段で知ろうとしては絶対にだめ。そんなふうにして知ったら、あなたはだめになるだけ。さあ、こっちにいらっしゃい」

チェルヌイショフは彼女のほうを振り向いた。

彼女は窓辺を離れると、茶色のスカートの裾を持ちあげ、それを顎で押さえたまま、パンストを脱ぎだした。パンストから水色のパンティが透けて見えていた。

チェルヌイショフは首をすくめて後じさった。

ジナイーダ・ミハイロヴナはパンストを脱ぐと、両手をパンティに滑り込ませ、腰を使いながら膝まで下ろした。

チェルヌイショフは顔をそむけた。

「動いちゃだめ！　じっとしてるの！　だめな子ね！」スカートを押さえたまま、彼女は彼の手をつかんで自分のほうを振り向かせた。「顔をそむけちゃだめ！　あなたのためにやってあげているんだから、しっかりなさい！　見るのよ！」

肉づきのよい膝を広げると、彼女はチェルヌイショフの手を引っ張った。

「さあ、見るのよ！　ちゃんと聞いてるの！　チェルヌイショフ！」

チェルヌイショフはちらりと見て、それからまた顔をそむけた。

「さあ、見なさい！　見なさいってば！　ちゃんと見るの！」

彼女は両足をぶざまに開くと、彼のほうににじり寄っていった。

チェルヌイショフは唇をゆがませ、すすり泣きをはじめた。

「さあ、見なさい！　見たかったんでしょ！　ほら……ほら……」

彼女はさらに高くスカートをたくし上げた。

チェルヌイショフは袖に顔をうずめて泣いていた。

「いったい、何を泣くことがあるの？　チェルヌイショフ。泣くのはお止めなさい！　すぐに泣くのをやめるの。ねえ、何を怖がっているの？　泣かないの……ほら、泣かないの……」

彼女は壁際にならべてある椅子に彼を導いていった。

「お座りなさい、座って落ち着くの」

チェルヌイショフは椅子に腰を下ろすと、両手に顔を埋めて、わっと泣き出した。

ジナイーダ・ミハイロヴナはすばやくスカートを下ろし、隣りに並んで腰を下ろした。

「ねえ、どうしたっていうの、チェルヌイショフ？　どうしたっていうの？　セリョージャ？」

そう言いながら、彼女は彼の肩を抱きよせた。

「泣くのはもうたくさんよ。聞こえる？　あなた、男の子でしょ？　一年生じゃないんだから」

チェルヌイショフはなおも泣き止めなかった。

「みっともないことよ！　さあ、いいかげん、泣くのはおよし。そうしたかったんでしょ。さあ、泣かないの！　ひどくみっともないことよ！　泣かないの！」

彼女は彼をしかりつけた。

チェルヌイショフはひとしきり泣くと、顔をくしゃくしゃにしたまま泣きやんだ。

「ほら……涙を拭いて……そんなにわんわん泣くようなことがあって？……あなたったら……」

チェルヌイショフはしゃくり泣きしながら、こぶしで目をぬぐった。

ジナイーダ・ミハイロヴナは彼の頭をなでると、ささやくように言った。

「ねえ、どうしたの？　何が恐かったの？　ねえ？　答えてちょうだい。さあ、答えるの！　さあ、答えて」

「ぼく、わかんない……」

「だったらなに、先生がみんなにしゃべるとでも思ってるの？　おばかさんね。先生だってちゃんと窓のカーテンを閉めたでしょ。約束してもいいわ。だれにもしゃべらないから。

いい。だれにもね。先生のこと信じてくれる？　信じてくれる？」

「信じます……」

「じゃあ、何が恐かったの？」

「分かんない……」

「今も恐い？　ほんとうに恐い？」

「恐くない……」チェルヌイショフはすすり泣きをはじめた。

ジナイーダ・ミハイロヴナは彼の耳にそっとささやいた。

「いい、党にかけて誓うけれど、先生はだれにもしゃべらないわ！　党にかけてね！　党にかけてがどういうことか分かるでしょ！」

「うん……分かります……」

「先生を信じる？　ねえ？　言ってちょうだい。信じる？　あなたのためにしてることなのよ、おばかさんね。後でありがとうって言うわ。信じてくれる？　どうなの？」

「うん……信じる」

「うん、信じるじゃない。信じます、ジナイーダ・ミハイロヴナ、って言うの」

「信じます、ジナイーダ・ミハイロヴナ」

「もう、泣かないわね？」

「泣きません」

「約束する?」

「約束します」

「ピオネールにかけて約束してちょうだい、もう泣かないし、だれにもしゃべりません、って!」

「ピオネールにかけて約束します」

「ピオネールにかけて何を約束するの?」

「もう、泣きませんし、だれにもしゃべりません……」

「それでいいの。あなた、きっと、先生があなたをからかっていると思っていたのね……そうでしょ、おっしゃい。思ってたんでしょ? 思ってたのよね、おばかさん?」そう言って彼の肩をゆすると、彼女は小声で笑いだした。

「ちょっとだけ……」チェルヌイショフはつぶやくように答え、笑みを浮かべた。

「おばかさんね、チェルヌイショフ。それじゃなあに、あなただれにもあそこを見せてもらったことがないの?」

「だっ……だれにも……」

「で、ちゃんと頼んだことは一度もないわけ? 見せてくれって!」

「いち……」

「で、見たいわけね？　正直おっしゃい。見たいんでしょ？」

チェルヌイショフは肩をすくめた。

「分かんない……」

「嘘おっしゃい！　わたしたち、正直に話しましょ。見たいのね？　ピオネールにかけて言うの！　正直に！　見たいのね！」

「うん……見たい……」

彼女はゆっくりとスカートをたくし上げ、むっちりした両足を広げた。

「じゃあ、ごらんなさい……ちゃんと見るのよ、顔をそむけず……」

チェルヌイショフは横目づかいにちらりと見やった。

彼女はブーツのところまでずり落ちたパンストとパンティをきちんと直すと、さらに大きく両膝を広げた。

「さあ、見なさい。もっと近くにかがみこんで見るの……」

チェルヌイショフは鼻息を荒げながら体をかがめた。

「どう、見える？」

「見える……」

「最初は何が恐かったの？　ねえ？」

「分かんない……ジナイーダ・ミハイロヴナ……見てはいけないような気がして……」

「よくもまあぬけぬけと！　あなた、さっき言ったばかりでしょ？　もっとよく見るの！」

チェルヌイショフは黙って見つめていた。

「ちゃんと見えて？」彼女は彼のほうにかがみ込んだ。「見えにくかったら、立つわよ。ほら、こうして……」

彼女は彼の前に立った。

チェルヌイショフは黒々とした毛が密生する股の部分を見ていた。その上にはすべすべした腹が垂れ、真ん中に大きなへそがついていた。腹の肉にはゴム紐の跡がくっきりと刻まれていた。

「よかったら、さわってもいいわ……さわってごらんなさい、そうしたいならね……恐がらずに……」

ジナイーダ・ミハイロヴナはまだ涙で濡れている彼の手をとると、恥骨部に添えた。

「自分の手でさわってごらん……ほら……さわってごらん……」

チェルヌイショフは毛の茂った恥丘に軽く触れてみた。

「何も恐いものはないでしょ、違う？」顔を紅潮させて、ジナイーダ・ミハイロヴナは微笑んだ。「そうじゃない？　どう？　そうじゃなくって？　あなたに聞いてるのよ」

彼女の頭は小刻みに揺れ、口紅を引いた唇がひくひくと震えていた。

「恐くない」

「なら、もっとさわってちょうだい」

チェルヌイショフはいったん手を引き、ふたたびそこに触れた。

「さあ、もっとさわって。その下のほうも。その下のほうもさわって。怖がらず……」

彼女は震える両足をさらに開いた。

チェルヌイショフは彼女の膨らんだ陰唇に手を伸ばした。

「もっとさわって……もっと……何を恐がってるの……あなた男の子でしょ……それでもピオネールなの……」

チェルヌイショフは彼女の性器を手のひらで撫でまわした。

「後ろからさわってもいいわ……その方がもっと近くから……見るのよ……」

彼女は彼のほうに尻を向け、スカートをさらに高く持ちあげた。

「後ろからさわってごらんなさい……さあ……さわってごらんなさい……」

チェルヌイショフがたるんだ尻の間から手を差し入れると、しっとりと潤った性器にふたたびぶつかった。

「さあ、ほら……さわってごらん……もっとさわってみて……今度はまた前からさわって……」

チェルヌイショフは前からさわりはじめた。

「今度はまた後ろからよ……ほら、そう……もう少し強くさわってみて……遠慮しないで……何を怖がってるの……そこに小さな穴があるでしょ……指で探してごらん……そこじゃない……もっと下……そこ。そこへ指を入れて……そう……」

チェルヌイショフは膣に指を差しこんだ。

「ほら。みつかったわね……見えるでしょ……小さな穴が……」ジナイーダ・ミハイロヴナはそうつぶやくと、尻をさらに強く突き出して、天井を見上げた。「だめ……しばらくそのままにしてるの……そう……立ち上がって……どうしてすわってるの」

チェルヌイショフは立ち上がった。

「片手は後ろから、反対の手は前からさわるの……そう、そう……」

彼は両手でさわりはじめた。

「そう、そうするの。ねえ、先生にもあなたのをさわってほしい？　ほしいでしょ？」

「分かんない……いけない気がする……」

「私は分かってるわ、さわってほしいんでしょ。ちょっとさわるだけよ……あなたも先生のをさわってるでしょ……だから先生も興味があるの……」

彼女は彼のズボンのジッパーを探り、それを外すと、手でなかをまさぐった。

「ほら……ほら……見える……あなたのはまだこんなに小さい……でも大人になったら……つまりこれが大きくなったら……ほら……あなたもう……もっとさわって……恐がらず……ほら……あなたその小さな穴に入っていけるの……ほら……でもいまはまだ早いわ……どうして手をひっこめるの……もっとさわって……」

ブザーが鳴った。

「これで十分ね……」彼女は背をまっすぐに伸ばすと、すばやくパンティとパンストを一緒に引きあげ、スカートを直した。「もう十分よ……ねえ、あなただれにもこのことはしゃべらないわね？　ほんとうに？」

「うん、しゃべらない……」

「ピオネールにかけて？」

「ピオネールにかけて」

「だってこれは二人だけの秘密よ、そうでしょ？」

「ええ」

「みんなにもしゃべらない？」

「しゃべらない」

「ママにも？」

「ママにも」

「誓ってちょうだい。手を挙げて言うの。ピオネールにかけて誓いますって」

チェルヌイショフはべとついた手のひらを額の上にもってきた。

「ピオネールにかけて誓います……」

ジナイーダ・ミハイロヴナは、デスクの上に掛かっているレーニンの肖像画のほうに向き直った。

「党にかけて誓います……」

ブザーがふたたび鳴った。

「これはどっち？　休みのブザー、それとも始まりのブザー？」教務主任は、ほてった頬を手のひらで触れながら、つぶやくように言った。

「休み時間の……」チェルヌイショフがそれとなく教えた。

ジナイーダ・ミハイロヴナは窓に近づいてカーテンを開け、それからチェルヌイショフのほうに向き直った。

「私の顔、あんまり赤くない？」

「いや、そんなには……」

「本当に？　それじゃ、走ってお行き。もう乱暴はしないよう心がけてね……」

彼女はドアの錠を回しはじめた。

「走ってお行き……ちょっと待って！　ジッパーが開いてるわ」

チェルヌイショフはくるりと横を向いて、ジッパーを閉めた。

「次は何の授業？」

「理科ですけど……」

「一八番の教室ね」

「ええ、この上の……」

彼女は大きくドアを開け放した。

チェルヌイショフは敷居を跨ぐと、一目散に駆け出していった。

競争　Соревнование

ローホフは鋸《のこぎり》のスイッチを切ると、真っ白い切り株にそれを置いた。

「やつら、三番目の伐採地を切り倒している。あそこは連中と一緒にあいつ、例のズナメンスキー班のワーシカがいて……」

「ミハールイチェフのことか?」ブジュクは太い松の枝を長靴で倒して尋ねた。

「そいつさ。でもね、やつらをけしかけたのはだれだと思う、そう、それがソロムキンなんだ。昨日、事務所で若い連中がおれにそう言ったよ。連中、コムソモールの集会があってね、ソロムキンが演説したってわけさ。つまりは、こういう話さ。われわれはつねにブジュク班の後塵を拝してきたが、今度こそは何がなんでも先頭に立つ。てなわけではじまったわけさ。ついさっき見てきたんだが、やつらまるでスタハノフ主義者みたいに休むひまなく切っている」

ブジュクはため息をつくと、ヤニでべとついた手のひらを袖にこすりつけた。

「そうか……ソロムキンがね、気の荒いやつだからな。そうだな。やつなら引っ張っていくな」

「それに、残りの連中もそうさ。いいかい、あそこの連中ときたら、粒よりだからね。兵役を終えたばっかしで、力があり余っている……」

ブジュクは何も言わずにうなずいた。

林道の上空を二羽の鷹がぐるぐると舞っていた。ローホフは丸帽をぬぎ、額の汗をぬぐった。

「前から言おうと思っていたんだが、まあ、何だか……」

「何だい？」

「いや、何でもない……」

ブジュクは笑いだした。

「どうした、怖じ気づいたのか」

「いや、そうじゃない、セーニ。ただね、仲間たちの前で気がひけただけさ。いずれ事務所で勝手に知ればいいことだが」

ブジュクはズボンについた鉋屑を払い落とした。

「どうでもよくないよ、いつかって。いったい、どういうことなんだ。競争の挑戦を受けた、だからなんだって？」

ローホフは頬を掻いた。

「セーニ、よかったら、連中をヴァスネツォフの班と戦わせたらどうだい？」

ブジュクは嘲るように彼のほうを見やった。

「どうした、怖じ気づいたか？」

「いや、そうじゃない……ただ、そんな齢じゃないってことさ……。十二分に働いてきたし、それにあんただって……」

ブジュクは首を横に振った。

「わかった。あんたは言うことがころころ変わるからな。で、このおれはだな、イワン・レクセイチ、おれの大事な親戚よ、生きてる間、あんたに負けず劣らず、働いてきた。だがな、一位の座とペナントをソロムキンごとき連中に渡したくない。で、仲間たちがこれから戻ってくるから、おれはやつらに言ってやる。闘うぞってな。やるってな！」

ローホフは目を細めながら、ぴいぴい鳴いている鷹を見ていた。ブジュクは倒れた松の幹に厚い布の長靴をはいた片方の足を載せた。

「あんたには、人間の誇りのかけらもないのか、ワーニ？　やつら、乳臭いひよっこども、ただの青二才どもじゃねえか！　なに、おれたちの力が足りねえとでも？　なあに、おれのジョールカなんぞ、やつらの三人分になるわな！　で、ペトロは？　サーニャは？　そうさ、やつらに勝ってみせる、本当に！　やつらは生まれてこのかた森なんて見たことがねえんだ。しゃらくせえ、さっさと追い越しちまおうぜ！　やつらに勝たせるか！」

ローホフは微笑んだ。

「さて、そいつはどうかな、セーニ。やつらはまるで命知らずだからな」

「なあに、勝手に働かせておきゃいい。おれたち単にがむしゃらにやるんじゃなく、この腕で勝負するんだ」

「そうさ、おれはかまわないよ。でも、ペナントなんかおれたちに何になる……賞与はちゃんともらってるし、超過手当てだって……」

ブジュクは片手を振った。

「ワーニャ、あんたって退屈なやつだぜ。だいたい家業を継いだ木こりってのにかぎって……」

彼は自分の鋸を持ち上げると、発動機のキーに触れ、紐をぐいと引っ張った。鋸は、青白い煙を吐きながら、ごとごとと音をあげた。ブジュクはそれを手にとると、松の木々のほうに向かった。

ローホフはしぶしぶ立ち上がった。

「セーニ、良かったら仲間たちを待たないか?」

ブジュクはそのまま振り返らずに歩いていった。

ローホフは自分の鋸を動かしはじめた。鷹の一羽が翼をたたんで急降下していった。ブジュクは松の木に近づくとすばやく刻みを入れ、反対側に回ると、でこぼこのある幹に刃を入れた。鋸は唸りだし、黄色っぽいおがくずが長靴にかかった。鋸の刃はゆっくりと木のなかに沈んでいった。ブジュクは軽く力を込めつづけた。

ローホフはがらがらと音をたてる鋸を手にして隣の松にかかった。

ブジュクの松は震え、軋りを上げはじめた。彼は少し離れると、持ちやすいように鋸を持ちかえた。松はぐらりと揺れて、倒れかかった。長い幹が折れ、ばりばりと音を立てながら倒れていった。

「真ん中に倒せ!」ブジュクは前屈みになっているローホフに叫んだ。ローホフは頷いた。

ブジュクはおおよその見当をつけながら次の松のほうへかつかつと歩いていき、あたりを見回し、必要な側に刻みを入れはじめた。

ローホフは自分の松を離れた。松は倒れたばかりの松の上に覆いかぶさっていった。

「これから山と切り倒すんだ。左側の松は触るな！　あそこの窪地に倒すことにしようぜ！」とブジュクはローホフに叫んだ。

ローホフの手に握られていた鋸の音がおかしくなり、やがて止まった。

「どうした？」ブジュクは別の側に刻みを入れながら、叫んだ。

「古い〈ドルジバ〉製だもんな……アンドレイの……こんな役立たず捨てちまったほうがいいのに！」

ブジュクは背中を向けると、ハンドルにさらに強く力をこめた。

ローホフはノブをしばらく回してコードを巻いてから、ぐいと引っ張りあげた。鋸はかたかた音を立てだしたが、ふたたび黙り込んだ。

「この畜生めが」

ローホフはまたコードを巻きはじめた。

ブジュクは松を倒し、次の松を選びにかかった。

ローホフは鋸のエンジンをかけ、ぺっと唾を吐いて倒れた幹をまたぐと、近くに茂っている松を眺めやった。

「曲がったのが一本もありゃしない……みんなすらりと勢ぞろいして」

ブジュクは松の木のまわりに生えている灌木の茂みを刈り取った。

「手伝うぜ、セーニ！」ローホフは叫んで、ブジュクのほうに歩き出した。

「おまえはあっちで木を切ってろ……それかあの小枝を切るんだ……ほうれ、びっしり茂りやがって……これじゃ人も通れねえ」

「ロゾヴィーナ、言わずとしれたことさ！」隣りに立ち止まってローホフは叫んだ。

ローホフはアクセルレバーをさらに強く取っ手に押しつけ、鋸をさっと右手に持ちかえると、かがみ込んだブジュクのうなじに刃を突き立てた。リボン状のぎざぎざから暗い血がほとばしり、頭の部分はすり切れたハンチングとともに首から切り離され、茂みのなかに落っこちた。ブジュクの両足はひとりでに折れ曲がり、鋸は地面にめりこんだ。

ローホフは振り返り、頭のない死体の下から彼の鋸を引きずり出すと、自分の鋸をひょいと手にとり、その二つを地面にずるずるひきずるようにして、細長い刃をしまいながら走りだした。彼の両手はアクセルレバーを取っ手に押さえつけ、鋸は吠え、青みがかった排気は裳裾のように後ろにのびていった。

「これからが競争さ……競争するんだ」ローホフは切り株を迂回しながらつぶやいていた。

森の空き地を走りすぎ、窪地を越えると、彼は断崖の上にいた。見下ろすと、ソシャ川がゆったりと流れ、子供たちが三人、橋の上で釣り糸を垂れていた。

手のなかで唸り声を上げている鋸をもったローホフの姿に気づいて、子どもたちは軽く腰を浮かした。

「ほら、ワーニャおじちゃんが二つ……」

「音がしてるみたい……」

「ワーニャおじちゃん、うちのとうちゃん、見なかった？」

ローホフはヒューと口笛を鳴らした。その時、鋸の刃の一枚が彼の足にふれ、彼はぎくりとなった。子供たちは彼のほうを見ていた。

「これからが競争さ……」とローホフはつぶやき、勢いよく走りだすと、うなり声をあげる鋸もろとも水のなかに飛び込んだ。

子どもの一人が釣り竿を放り出してぴょこんと跳び上がると、空中でむずかしい動きをして地面にばったり倒れた。別の二人が彼のほうにかけより、両手をいっぱいに広げて持ち上げ、ピーと口笛を鳴らした。子どもはもう一人の子どもの頭にへどを吐いた。二番目の子どもの体に痙攣が走り、その子は三番目の子どものおなかを足で蹴った。三番目の子どもは歯をがちがちいわせ、白目をむいてつぶやいた。

「で市場に行ってぶ厚い脂身を買って家でそれをピラミッド型に切り取りそこから内臓を抜き取り病院にでかけて外科医から膿んだ虫垂の切り身を八つ分けてもらいその膿をピラミッドの中へしぼりだし脂身のふたでそれをすっぽりおおって縫うそれからピラミッドを

山羊の乳に浸して十分に煮込みそれを外の厳しい寒さに出すとミトローハを見つけ密かな陽根を彼に示しミトローハは茶色い凝乳を小さい鍋で煮込みそうして名づけ親の地下の物置に置いて自分はワルワーラの部屋に入り丸太を開いて兄弟たちを呼び寄せ連中に冠を数えさせ三番目の丸太から正しく引っぱり出して彼とワルワーラと風呂に行き風呂で彼女の女陰を開きそれから夫の姉のもとに駆けていき彼女のパン屑をおのれの女陰に添えて血の穢れをきれいに拭うとワシーリーと親父は彼女の部屋から中庭に棺桶を運び出しそこではすでに人々が集まっててマトリョーナは棺桶のなかに寝そべりミトローハとワシーリーは脂身で棺桶をみがき挨拶をかわし棺桶を離れてぞろぞろと帰りだしまあいいともいいさ金を含んだタイガの広がりにわれらをわれらがおののき震える魂を解き放ちたまえ光を含むわれらの大理石の翼を思い切り広げさせてくれ実現せざる灯明の黒い炎を消させてくれ踏みつけにされた御堂のかけらをばらまかせたまえまかせたまえまかせたまえ紫色の死の迷宮をさまようブロンドの子どもたちを導きたまえ導きたまえ導きたまえ銀色の顔の長老たちと瓦解した永遠についてしゃべらせたまえしゃべらせたまえしゃべらせたまえ王国と玉座の力の法を分からせたまえ分からせたまえ分からせたまえしのびよる過去の影をふりかけよふりかけよふりかけよ神聖な菩提樹や樫の幹を抱かせたまえ抱かせたまえ抱かせたまえあからさまな物の密やかな隙間を犯させたまえ犯させたまえ犯させたまえ厳めしい装飾

の宮殿の中へ白金の碑を携えさせたまえ携えさせたまえ携えさせたまえ騒乱と変節の戯れに身をやつした過去を否定させたまえ否定させたまえ否定させたまえビロードのカバーを上げたまえ上げたまえ上げたまえコストロマーの阿呆どもを信じるほどぼくも馬鹿じゃない用済みをつかまされたとき私はただちにセリョーガにかれはアダーシキンに電話をかけ私におりかえし電話してきたので私は金を預けそれから基金についてそのポストから一挙に出世だ彼は彼に第三期と答えるので私はもしも第三期ならばコンクリートが手に入らないと言うと彼はしつこく頼みこんできて言う地区委員会に追いつめられている自分はさしあたり党員証を粗末に扱うつもりはないと訴えてきたわれわれが青白いシーツにのせたピラミッドがあり中庭に出てそれを悲しげな丸太の棺桶のうえに置きワシーリーペトローヴィチは悲しい斧を振りあげてそれを二つに断ち割った。それから背筋を伸ばすと小刻みに震える指で涙を払うと、しばらく黙り、ややしゃがれた小声ではっきりと言った。

『膿と脂身』

可能性

Возможности

日が西に傾き、九月の侘《わび》しい空が冷気と無関心に満たされ、門の下の黒い地下室が倦怠と憂鬱の気を漂わせるとき、人は思わず自分の白い腕の震えに気づき、その震えが、しびれるような、焼けるような、凍りつくような湿気った風のせいではまったくないことを知る……。

人はなにができるだろうか？　霧と水を含んだ、埃だらけでさして広くもない通りを彷徨うことか？　傘の細い先っぽを汚れた黄色い葉っぱに突き刺してかざすことか？　湿った壁に手で触れることか？　それとも、田舎者の白っぽい顔をした老婆に会うという望みを抱きながら、汚れた黒い階段を上ること？　それとも、自分のアパートのドアをそっと開けはなってスイッチをまさぐり、それをめった打ちして壊すこと？　それからキッチンに行き、ずん胴の古い冷蔵庫を開け、カラフルな中身にうっとりしながら、しばらく立っていること？　ガスを点火し、ポットをかけて温めること？　コートをぬがずに、マフラーをとること？　冷凍肉を取りだすこと？　ポケットをひっくり返すこと？　小銭がリノリウムの床を転げる音に耳を傾けること？　コートをぬがずに、ズボンをぬぐこと？　沸騰するポットを冷蔵庫に入れること？　ぬいだズボンを灼熱したガス・レンジにかけること？　その上に冷凍肉を載せること？　コートを着けたままで、パンツをぬぐこと？　自分のペニスにじっと見いること？　ズボンを這っていくさわさわという炎の音に耳を傾けること？　ペニスの臭いのするあったかいパンツを冷凍庫に押し込むこと？　冷蔵庫のドアから卵をとって、規則正しくそれらを床に投げおとすこと？　浴室に入って、あったかい湯を流すこと？　水の音を聞きながら、鏡のなかの自分を観察すること？　コートをぬがずに浴槽に体を横たえること？　ぱちゃぱちゃと水面を手で叩きながら、民謡を歌うこと？　水のなかで屁をひって、ごぼごぼという音を笑いでもって歓迎すること？　息ばり、顔をしかめながら、一人前の糞を押し出すこと？　コートの折りめからそれが自由になって浮かび上がれるようにしてやること？　ポケットから湿気たマッチを取りだすこと？　そのうちの一本をソーセージのような茶色い糞に突き刺してやること？　手をのばして、シャンプーのラベルをはがすこと？　ラベルにマッチを突き刺して、マストの帆にすること？　息を吹きかけ、この不細工な船に膝のまわりをくるくる回らせること？　何か甲高い、おごそかな歌でも歌うこと？　ザザーと滝のような音を立てて浴槽から出ること？　水をたっぷり含んだコートの下で背中を曲げながら、煙だらけの部屋を歩き回ること？　古い食器棚のガラスを泣きながら割ること？　小便をかけるか、たんにおしっこする……。だが、できることは、小便をたれること、ないしはたんにおしっこする。おしっこする。おしっこするのはきもちいい。おしっこするのはいい。おしっこするのはいい。あまったるくおしっこする。ながいことおしっこする。こんなふうにやわらかくおしっこする、しずかにおしっこする。こんなふうにながいことおしっこする。ながくおしっこする。あまったるくおしっこする。そんなふうにおしっこするのはいい、ながくおしっこするのは、やわらかくおしっこするのは、おちんちん、おしっこするのは、あまったるくおしっこするのは、しずかにおしっこするのは、やさしくおしっこするのは、おちんちん、あまく、あまったるくおしっこする、あせにまみれて、こんなふうにおしっこするのは、へんなふうなにおいで、そんなふうにあまったるくおしっこする、あいらしくおしっこする、おしっこする、ちびる、おしっこする、おしっこする、きもちいい、おしっこするのはきもちいい、あせにまみれおしっこする、ひっそりおしっこする、おしっこする、へをひる、おしっこしながらへをひる、へをしてうっとりおしっこするおしっこしうっとりするためおしっこするくさくおしっこするためおしっこのにおいおしっこのにおいおしっこのにおいおしっこのにおいおしっこのにおいおしっこのにおいおしっこのにおいおしっこのにおいおしっこのにおいおしっこのにおいおしっこのにおいおしっこのにおいおしっこのにおいおしっこのにおいおしっこのにおいおしっこのにおい。

地質学者たち

Геологи

煤で黒くなった年季ものの暖炉のなかで、薪がばちばちと甲高くはぜていた。半閉じになった鋳鉄の蓋から赤く燃えさかる炎が地質学者たちを照らし、その顔々を琥珀色に浮かび上がらせていた。

ソロヴィヨーフは最後にもう一度巻きタバコを深く吸いこむと、吸い殻をオレンジ色の隙間に突っ込んだ。

杉材の低い椅子に腰をおろしている隣りのアレクセーエフは、手慰みに、幅の広い狩猟用ナイフを節だらけの薪に突き立てていた。

ソロヴィヨーフがため息をついて立ち上がると、彼のもじゃもじゃ頭がそれこそ越冬所の煤だらけの天井につきそうになった。

「だめだよ、みんな。今日中に決めなければ」

アヴジェーエンコは黙って頷き、アレクセーエフは曖昧に肩をすくめるだけで、そのままナイフを突きつづけていた。霜に覆われた窓のそばに座っていたイワン・チモフェーエヴィチは、相変わらずのんびりと黄色い象牙のパイプをくゆらせていた。

「サーシャ、どうして黙ってる?」ソロヴィヨーフはアレクセーエフのほうを向いて言った。

「言うべきことは全部言ったからさ」小さいながらはっきりとした声でアレクセーエフは答えた。顎髭をはやした彼の大きな顔は、オレンジ色の強い光にくっきりと浮かび、泰然たる様子に見えた。

「でも、君の提案はどう見たって馬鹿げてるじゃないか!」ソロヴィヨーフは首を振った。

「いいかね、雪崩の危険のある地帯に仲間を放り出し、自分たちだけさっさと逃げだすなんて、いったいどういう了見だい?!」

幅の広いナイフが力いっぱい薪に突き立った。

「じゃあ、あんたはどうなんだ、あんたはつまり、一年間の苦労を水の泡にしてもいい、ってわけか?」

「でもな、人間の命のほうがサンプルより大事だろうが、サーシャ!」ソロヴィヨーフはぎこちなく両手をぱちんと打った。

「むろんさ」アレクセーエフを見やりながら、アヴジェーエンコは頷いた。

アレクセーエフはいらだたしげにナイフの柄で薪を打った。

「まったく、君はほんとうに子どもだよ！　連中はもうとっくの昔にウスチセーヴェルヌイに着いているさ、君らの言っているシードロフとコルシェフスキーの二人はね。とっくの昔にさ！　この首を賭けたっていい。今ごろ、部屋にこもって、のんびりお茶でも飲んでるだろうよ！　だもの、連中に雪崩の危険なんてあるわけないさ！」

「だが無線は、サーシャ、無線の連絡はちがっているぞ！」ソロヴィヨーフが彼の話をさえぎった。

「もし、ウスチセーヴェルヌイに着いてないとしたら、お茶どころじゃない」

「かりにいま着いてないとしても、一日ないし二日すれば着くさ」アレクセーエフは自信たっぷりな様子でつっけんどんに答えた。

「それでもウスチセーヴェルヌイに着かなかったら？」アヴジェーエンコは、からだを乗り出し、湯気の立っているお茶の入ったコップを暖炉からそっとつまみながら尋ねた。

「そのうち着くさ」だぶだぶの綿入りズボンのポケットに手を突っ込み、巻きタバコを探しながら、アレクセーエフは相変わらず自信たっぷりな様子で答えた。「まず一つ、あの二人は雪崩のことを知っている。二つ、彼らはヘリをたしかに目撃している。そして三つ、二人とも経験豊富な地質学者だってこと。それから君たち、君たちは何かな、あの二人が地層に何かを発見するとでも考えておいでかな？　こんな猛吹雪のさなかに？　たしかに連中、二昼夜ほど足止めは食うかもしれない、でも、それだけのことさ。またウスチセーヴェルヌイに向かって動きだすさ……」

アレクセーエフは乾いた杉の枝を無造作に暖炉に突っ込み、やがてそれを引き抜くと、炎のともった枝でタバコに火をつけた。

「はじめからすべて分かってたみたいな口のきき方だな」アヴジェーエンコは悲しげに微笑んだ。「でも、連中がウスチセーヴェルヌイに向かう仕度をしていたのはつい先週だぜ。予定では、そうなっている」

「ニコライ、君はいったい何を言っている？　あいつらガキじゃないんだぞ！　コルシェフスキーはこの道一〇年のベテランなんだ、やつにとっちゃこの辺りは自分の庭みたいなもんさ！　あいつらが、ヘリや空砲の合図で雪崩の危険に気づかないほどバカだと本気で思ってるのか？　それにやつらの食料も底をつきかけている。つまり、ウスチセーヴェルヌイに向かうってことさ。君らに一つ確かなことを教えてやろう。やつらは出発する！　君やピョートルは正真正銘のパニック屋だよ。君らの考えることは、まるで小僧っ子さ。

サンプルも何もかも放りだして探しにいくだなんて！　いったいどこを探すっていうんだ、ええっ？　山脈沿いにか？　ジョールタヤ・カーメンカ付近か？　西側の峡谷に降りるかもしれないんだぞ。君らこそ何も分かっちゃいない。サンプルを放り出して、雪崩に埋もれさせるなんて、まるで愚の骨頂だよ……」

「もし雪崩に埋もれなかったら？」アヴジェーエンコは問い返した。「たぶんここまで雪崩は来ないさ……」

「じゃあ、もし来たら？　その時はどうする？」アレクセーエフは大きな顔を彼のほうに向けて言った。「おれたちどの面さげてロドニコフの前に出ればいいんだ？」

彼らは、ばちばちとはぜる暖炉をじっと見やったまま黙り込んだ。

イワン・チモフェーエヴィチは相変わらずのんびりとタバコを吸っていた。頬骨の出た彼の日焼け顔が不機嫌そうに引きつっている。ぴっちり被った手編みの帽子からは白髪のもみ上げがのぞいていた。

アレクセーエフは首を横に振った。

「そうさ、あのサンプルは、何てったって……一年がかりで集めたものだものな……」

彼は唇を突きだし、熱いお茶を用心深くすすりはじめた。ソロヴィヨーフはじれったげに両手をポケットに突っ込んだ。

「サーシャ、もう一度、ウスチセーヴェルヌイと連絡を取ってみよう」

アレクセーエフは肩をすくめて立ち上がった。

「かまわんとも」

隅にある雑な作りの机の上には、真新しい無線機のアルミ製受信用パネルがぴかぴか輝いていた。

アレクセーエフは椅子を少し動かすと、自信たっぷりな仕草でレシーバーを装着し、タンブラースイッチをパチンと上げた。パネルの上に赤いランプが点灯した。

アレクセーエフはすばやく通信キーを打ちはじめた。

しばらくして打つ手を止めると、頭のレシーバーを直し、モールス信号の断続的な返信に耳を傾けた。

「やっぱりそうか……」〈撤退〉の暗号を打診しながら、彼は小声で言った。「まだ着いていない。やつらはいない。明日の朝、吹雪がおさまり次第、ヘリがまた飛ぶそうだ」

無線機のスイッチを切ると、彼はレシーバーを外して立ちあがった。

「とにかく、みんな、出発の準備をしたほうがいい思う。明日の朝、出発だ。サンプルはそうとうな重さだ。優に五〇〇キロはある。いまなら、たどり着ける、いまなら……」

窓のそばに座っているイワン・チモフェーエヴィチは大きくため息をつき、広い煙の帯を吐きだした。

全員が彼のほうをふり向いた。

ソロヴィヨーフは慎重に尋ねた。

「イワン・チモフェーエヴィチ、で、あなたの考えはどうです?」

イワン・チモフェーエヴィチは黙ったまま、パイプの吸い口を軽く嚙んでいた。

アレクセーエフは顎髭を少しかいて言った。

「袋小路だな。俺の提案か、やつらの提案か……板挟みってやつさ……」

アヴジェーエンコは空になったコップをテーブルの上に置いた。

「こんなにもめたのは初めてですね。イワン・チモフェーエヴィチ、あなたは地質学者として経験も豊かですし、二五年間、いろんな探検隊に加わっていらっしゃった。あなたなら、どうすべきか、お分かりのはずだ」

「きっと、分かってるから、黙っておられるのさ」ソロヴィヨーフはそう言って笑みを浮かべた。

イワン・チモフェーエヴィチは笑顔で答えた。

「だからさ、ペーチャ、だからだよ……」

彼は少し腰を浮かせ、パイプをテーブルの縁にぶつけて燃えかすを出した。そしてそれをポケットにしまいこむと、ほっと一息ついて言った。

「つまりそういうことだ。私の同郷人のワシーリー・イワーノヴィチ・チャパーエフが言った言葉だが、君らがここでしゃべりちらしたことなんか、唾して忘れろ、ってことだ。当て推量ばかりやってないで、まじめに考えようじゃないか。こうなった状況を判断してだな、思うに、寿限無でもしとればいいのじゃないか」

訪れた静けさのなかでアレクセーエフは首を横に振った。感嘆の表情が彼の顔を走った。

「たしかにその通りだ……思いもつかなかった……」

ソロヴィヨーフは呆然としてうなじをかくと、小声でつぶやくように言った。

アヴジェエンコは、自分の膝をパシッと叩き、大いに賛成とばかり喉を鳴らした。

「やったぜ、これこそプロ中のプロってもんさ！」

イワン・チモフェーエヴィチは彼の肩をぽんと叩いて、小屋の中央に歩みだしてしゃがみこむと、凍りついた床をこぶしの先でこんこんと三度叩いてから、はっきりと聞こえるように言った。

「寿限無、寿限無、五劫のすりきれ」

まわりに立っていた地質学者たちは声をそろえて繰り返した。

「寿限無、寿限無、五劫のすりきれ」

それから若い地質学者たちはすばやく並んで立ち、手のひらを前に差し出すと、それで小さな桶のようなものを形づくった。

イワン・チモフェーエヴィチは彼らに顎で合図した。

地質学者たちはゆっくりと身を屈めた。手のひらの桶は下へ下へと下りていった。イワン・チモフェーエヴィチはその上に身をかがめると、二本の指を口に突っ込み、からだを震わせながらしゃっくりをした。

彼はいきなり手のひらの桶に嘔吐した。

息が鎮まると彼はハンカチを取りだし、濡れた唇をぬぐって言った。

「パイポ、パイポ、パイポのシューリンガン」

姿勢をそのまま保ち、ねっとりと白みを帯びた茶色のかたまりを床にこぼさないように気遣いながら、地質学者たちははっきりとした声で繰り返した。

「パイポ、パイポ、パイポのシューリンガン」

イワン・チモフェーエヴィチは微笑みを浮かべ、ほっとため息をついた。

暖炉のなかは、燃えつきた丸太が弱々しくはぜ、やがてごろっと音を立てて崩れていった。

小さな窓の向こうでは、タイガ特有の吹雪が吹き荒れていた。

樫の実峡谷

Желудевая падь

爺さんは倒れた樫の木に用心深く腰を下ろし、樹皮がほとんど無くなったなめらかな幹を軽く触れてみた。

「ごらんよ、こんなに真っ白になっとる……」

サーシカは近づいて、キノコの入ったバケツをそばに置いた。

「どうしたの、何かに食べられちゃったの？」

「いや、そうじゃない、自然と剝がれちまったのさ」爺さんは巾着を取りだすと、ゆっくりと袋のヒモをほどきはじめた。「樫の皮を食うもんはほとんどおらんよ。苦いからの。それに堅いし。ウサギはリンゴの木を、オオジカはクルミの木を好むんじゃゃ……」

サーシカは爺さんの隣りに腰をかけ、ナイフを畳むと、バケツに入った毛むくじゃらなチチタケのかさの上にそれを放り出した。

「ここってひどいとこだね、お爺さん。キノコもなさそうだし。じめじめしてるし。ほら、いるのはホシガラスと、それにモロカン教徒だけ」

爺さんは巾着をほどくと、荒くきざんだタバコの葉をパイプで掬った。

「たしかにひどい湿気じゃわい……ここいらは極端に低い土地でな。そのために樫の木も倒れちまうんじゃ。樫の実も木につかん……」

「だから、樫の実峡谷っていうの?」

「もちろん、そうじゃ。まさしく樫の実峡谷じゃよ。樫の実がついたかと思うと、熟れずにたちまち落ちてしまうんじゃ。湿気のせいでな……」

爺さんはマッチを取りだすと、パイプの葉をほぐして、火をつけた。

サーシカはあくびをし、両手を膝の上に置いた。

「ナータお婆さん、今ごろきっとお昼ごはん食べてるんだろうな」

「そうじゃな」爺さんは頷いた。「そう急がんでもええ、間にあうから。ちょいと一服させてくれんかの。ここから一露里半も歩けばいい、それだけじゃ……」

爺さんはのんびりとパイプをくゆらせていた。

風はなく、青みがかった煙が皺だらけの彼の顔と、大きな鉤鼻と、なでつけた白い髭のまわりを波うちながら広がっていった。

サーシカはタバコを通してパイプの中にかすかに見えるオレンジ色の火を眺めていた。

「お爺ちゃん、お爺ちゃんはどうしてここに座ってるのが好きなの？　ここは全然キノコがとれないし、それにじめじめしているのに」

爺さんは笑った。

「たしかにそうじゃな……思い出の場所なんじゃよ」

「思い出って？」

「ここでわしの友人が死んだんじゃ。わしの名づけ親のせがれでな。ワーシャっていう名前じゃった」

「お爺ちゃん、どうしてかその話してくれたことなかったね」

爺さんは何も言わずに頷き、タバコをくゆらせたままだった。

樫の実峡谷が二人の目の前に広がっていた。

密生して茂っている太い樫の木々は、そこかしこでひん曲がった枝を絡ませあい、幅のある太い幹が、模様のついたシダの葉にすっぽりと埋もれていた。

葉と葉の間から差し込んでくる夕陽が樫の皮にきらきらと戯れていた。

爺さんは口髭の間から煙を吐き出すと、こめかみに軽く手をやった。

「そう、あれはずいぶんと昔のことじゃ……」

「戦争中のこと?」

「戦争中。そのまっ盛りじゃった。ここらへんをドイツ兵が陣どっておってな、わしらの部隊はここから七〇露里のところにいたんじゃ」

「チェルノガチノのそば?」

「そうじゃ。で、ワーシャはマールイエ・ジェルトウーヒの出身じゃった。一緒に育ち、一緒に部隊に入った。ところがなんと、やつには婚約者がおった。ジェルトウーヒ村じゃなくて、わしらのスラボトカ村にじゃ」

「その人はまだ生きてるの?」

「いいや、七年ほど前に死んだよ。それにやつももう生きてない」

「で、お爺ちゃん、お爺ちゃんはその人がどうやって死んだか、知ってるの?」

爺さんはまたにやりと笑った。

「そうとも、一部始終見たんじゃ。この目でじかにな」

「ほんとう?」

「ほんとうだとも。サーシカ、ほんとうじゃよ」

爺さんは消えたパイプに火をつけると、ため息をついた。

「あれは九月のことじゃった。わしらはあの頃、白ロシアへの進軍を考えておった。前線部隊はそこにおったからの。ところが、わしらには武器もなければ、兵糧もなかった。どこからも当てにできなかった。あるものは全部使い果たしちまってたんじゃ。で、森から森を渡り歩いては身を隠しておった。ちっちゃなゲリラ戦を繰りかえしながらな。で、とうとう部隊長が決断を下したんじゃ、敵陣を突破して、われわれの友軍と合流することをな。冬の間に森んなかでくたばらないようにじゃ」

「お爺ちゃん、村で冬は越せなかったの？」

「村にはドイツ人がおってな、利口な連中じゃ。全部が全部、ドイツ野郎どもに占領されていたんじゃ。そこでワーシカがだな、やつは優秀な斥候ですこぶる評判もよかった。つまり、そういうわけで、食料調達に出してくれって部隊長に拝み倒した。それともう一つ、婚約者と別れを告げる目的もあったんじゃ。で、わしらは出発した。荷馬車を引いてこっそり出かけていった。行軍は夜中で、昼間は林の茂みにひそんで眠った。そしてまた夜になると行軍じゃ。とうとう朝がはじまるころに、わしら五人はこの樫の実峡谷に入ったんじゃ」

爺さんは目を細めて、パイプを軽く吸った。

「その時、太陽はまだ上がったばかりでな、樫の林のまわりにはまだ霞がかかっていた。

わしらの馬はそれこそひどい痩せ馬で、あばら骨が透けて見えるほどじゃった。荷車の車輪にはぼろ切れを巻きつけて、音が出ないようにしておった。つまり、そんな具合に進んでいったんじゃよ。ワーシカが馬を引き、セリョーシカ・オサージーが後ろにつき、ペーチカ・ビリューレノクとジェンカは荷車の上に、で、わしはこうして右側に……」爺さんは立ち上がり、パイプを歯にくわえたまま背伸びした。「胸にはドイツ製の機関銃、腰に手榴弾二発、そして将校から奪った詰め襟の軍服という出で立ちじゃった。そしてとうとうこの峡谷に入ると、つまり、……」

彼はぎくりと身じろぎをし、煙を吐いているパイプを口から抜きとると、甲高い弱々しい声で鳴きだした。

「メエエエエエ」

落ちくぼんだ口は大きく開かれ、すり減ったまばらな歯がむきだしになり、両目は閉じられて、白髪頭が後ろに反り返った。

「メエエエエ」

サーシカはきょとんとして彼に目を凝らした。

爺さんはパイプをもった片方の手を前に差しだし、ぐらりと体を揺らすと、山羊のような鳴き声をあげ、よろよろしながらシダの茂みに分け入っていった。

「お爺ちゃん……お爺ちゃんてば……」サーシカは立ち上がりながら、青ざめた顔でつぶやくように言った。

爺さんは、高く膝を上げながら樫の林のほうに歩いていった。

彼の震え声が樫の実峡谷にこだましながら響いていた。

セルゲイ・アンドレーエヴィチ

Сергей Андреевич

ソコロフが乾いた樅の木の枝をたき火にくべると、火は瞬く間に枝をとらえて這いあがり、火にかかった煤だらけのバケツの底を猛々しい舌で嘗めはじめた。

セルゲイ・アンドレーエヴィチは青みがかった炎のなかで身もだえる針葉に目をやり、やがて、たき火に魅入られた若者たちの顔に視線を移していった。

「豪勢なたき火じゃないか、ええ?」

ソコロフはこっくりと頷いて言った。

「そうですね……」

レーベジェワはほっそりと痩せた肩を寒そうに震わせていた。

「セルゲイ・アンドレーエヴィチ、わたし、もうずいぶんと長いこと森に来たことがなかったの。八年生の時から」

「どうしてだね？」彼はメガネを外し、近眼の目を細めながら、ハンカチで拭きはじめた。

「そう、なんだか暇がなかったんです」レーベジェワは答えた。

「あの時、なぜぼくらとイストラに行かなかったんだい？」サフチェンコがからかうように尋ねた。

「行けなかったのよ」

「正直に言ってごらんよ、面倒臭かった、それだけさ」

「全然、そんなんじゃない。わたし、病気だったの」

「なに、病気なんかじゃ全然なかったさ」

「いえ、病気でした」

セルゲイ・アンドレーエヴィチは、ほっそりと痩せた指をした細い腕を挙げて、なだめるように言った。

「やめなさい、リョーシャ、レーナにかまうんじゃない……君たち、まわりがどんなに美しいか、よく眺めるがいいさ。耳をすましてごらん」

若者たちはあたりを見渡した。

たき火のはげしい炎が林や若い白樺の暗いシルエットを照らし出していた。遠くには、高い混合林が動かない壁のように黒ずみ、その上では、明るい星を散らした夜空に大きな月がかかっていた。

あたりを支配する夜の深いしじまがぱちぱちというたき火のはぜる音に破られる。饐えたような川の臭いと燃えている針葉の匂いが漂っていた。

「いいもんだな……」巻き毛をした肩幅の広いエリセーエフが軽く腰を浮かしながら言った。「『デルスー・ウザーラ』を地でいってる」

セルゲイ・アンドレーエヴィチはにこりと微笑んだ。すると、分厚い眼鏡レンズに隠されたその若々しい目のまわりに小皺が集まった。

「そうとも、森というのは、じつに驚くべき自然現象なんだ。マーミン・シビリャークが言ってるが、世界の八番目の不思議ってわけさ。森ってのは、人を絶対に飽きさせたり、退屈させることがない。しかもどれだけの資源が森にはあることだろうね！　酸素、木質、繊維素。それに木の実も、キノコもある。まさに、宝庫さ。森がなかったら人間はとても辛いだろうね。こういう美しさなしで生きるなんてできない話さ……」

彼は、動かない森の壁をじっと見やりながら、口をつぐんだ。

若者たちも同じ方向に目をやった。

「セルゲイ・アンドレーエヴィチ、森はむろんすばらしいです」微笑みながらエリセーエフがもぐもぐ言いはじめた。「でも、技術のほうがやっぱり上ですよ」

彼は肩にかけたポータブルのテープレコーダーをぽんぽんと叩いた。

「技術なしではこれから先には一歩も進めない」

セルゲイ・アンドレーエヴィチは彼のほうを振り向いて、注意深くみつめた。

「技術ね……たしかにヴィーチャ、技術は文句なしに非常にいろんなものを人間に与えてくれた。でもね、ぼくは思うんだが、肝心なのは、技術が人間そのものの邪魔をしないようにね、技術が人間をおいてきぼりにしないようにすることなんだ。森には絶対にそういうことはできない」

若者たちはエリセーエフのほうを見やった。

下唇をとがらせて、彼は肩をすくめた。

「そうじゃないんです、ぼくはなにも……ただ……」

「あなたはたんにポップミュージックに夢中なだけ。それだけよ！」レーベジェワが遮るように言った。「だってこの箱がなければ一歩も前に進めないもの」

「それがどうした、それが悪いかい？」彼はじろりと彼女のほうを見やった。

「悪くないどころか、有害よ！」そう言ってレーベジェワは笑い出した。「耳がつんぼになって、どこの大学にも入れてもらえないわ」

若者たちは一斉に笑い出した。

セルゲイ・アンドレーエヴィチはにやりと笑った。

「でも、レーベジェワ、自分に気をつけなくちゃいけないよ」

「でもね、セルゲイ・アンドレーエヴィチ、この人って、これだけが自慢の種で、いっつも持ち歩いているのよ……」

「それが君に何の関係があるってのさ？」エリセーエフはつぶやくように言った。「君だって音楽院のことばっかりで、それなしじゃ生きてけないじゃないか……」

「おかしな人ね、音楽院のことなんて何も知らないくせに！　バッハ、ハイドン、モーツアルト！　でも、あんたのは、ぼさぼさ頭のおかしな人たちがたんに声を張り上げてるだけじゃないの」

「そういう君だってぼさぼさ頭じゃないか」

セルゲイ・アンドレーエヴィチはエリセーエフの肩をそっと押さえた。

「ヴィーチャ、もういい。だって、君はモスクワの航空大学に行くつもりだろう。パイロットに大切なのは、何よりも我慢だよ」

「いや、ぼく、パイロットになる気なんてないんです、設計技師になるんです」エリセーエフは顔を真っ赤にさせてもぐもぐ言った。

「だったら、ますますそうだろう……さて、みんな、せっかくだから、こんなに明るい夜空を利用して、少し天文学の勉強をしよう」

セルゲイ・アンドレーエヴィチはつと立ち上がり、少しばかり遠くに離れると、軽いジャンパーのポケットに両手を突っ込んで、空を見上げた。

空は暗い紫色をし、星々が異様なほど明るく煌めき、とてもまぢかに感じられた。眩しいほどに白い月の端が小さく切り取られていた。

「どんな星座表より役立つし、一目瞭然だね」セルゲイ・アンドレーエヴィチは静かにつぶやき、すばやく手際よいしぐさでメガネの位置を直した。「さあて……あそこに見える垂直の星座は何かな?」

彼は片手を上に伸ばして言った。

「どうだい、だれか答えられる者は? オレーグ?」

「乙女座じゃないかな?」ザイツェフが自信なげに言った。

セルゲイ・アンドレーエヴィチはいや、と首を横に振った。

「乙女座はもっと右側で上のほうだ。ほら、あそこにある。猟犬座の下に……ヴィーチャはどうだい?」

「カシオペア座だよ！」とエリセーエフがジーンズのポケットに両手を突っ込み、首を背中に反らせながら、大声で言った。「間違いなく、カシオペア座だ」

隣りに立っていたソコロフはにやりと笑った。

「残念ながら、不可だね」とセルゲイ・アンドレーエヴィチは言い、すぐに指さした。

「君の言っているカシオペア座はほらあそこ、ケフェウス座の隣りさ」

レーベジェワがくすっと笑った。

エリセーエフは頭を掻きながら、肩をすくめた。

「でも、あれって何にも似てないよな……」

「あなたに似てるわよ！」レーベジェワはそう言って、くすくす笑い、ソコロフの背中越しにエリセーエフの頭をぽんと叩いた。

「まったくおかしな女の子さ」エリセーエフはそう言ってにこりと笑った。

セルゲイ・アンドレーエヴィチは若者たちのほうを振り返った。

「ほんとうにだれも知らないのかい？　ジーマは？」

サフチェンコは何も答えずに首を横に振った。

「レーナは？」

レーベジェワはため息まじりに肩をすくめた。

「試験の後なので、頭んなかが何もかもごっちゃになってるんです、セルゲイ・アンドレーエヴィチ」ザイツェフがのんびりした調子で答えた。

エリセーエフはにやりと笑い、たき火からはみ出た枝を足で元に戻した。

「ごっちゃになっているやつもいれば、逆にぜんぶが消し飛んでしまったやつもいる。風洞みたいにね」

若者たちは一斉に笑い出した。

「でも、ミーシカは正確に知っているわ、目を見ればわかる」レーベジェワがソコロフのほうを横目で見やった。

ソコロフはどぎまぎしてたき火を見つめた。

セルゲイ・アンドレーエヴィチは、ほっそりして穏やかな彼の顔に視線を移した。

「知っているかい、ミーシャ?」

「はい、セルゲイ・アンドレーエヴィチ。あれは蛇座です」

「その通り」先生は大きく頷いて言った。「立派だね。じゃあ、蛇座の下は何かな?」

「かんむり座です」全員がしんと静まり返るなか、ソコロフは控えめな口調で答えた。

「その通り。かんむり座だね。あれには一等星がある。じゃあ、その左側の星座は何だろう?」

「ヘラクレス座です」

「その右側は？」

「牛飼い座です」

セルゲイ・アンドレーエヴィチはにこりと微笑んだ。

「満点だな」

エリセーエフが首を横に振って言った。

「へえ、ミーシカ、すごいんだなあ。まさにジョルダーノ・ブルーノだね」

ソコロフはジャンパーの裾をしきりに引っ張りながら空を見上げていた。

バケツのなかで沸騰しだした水が縁からあふれ、シューシューいいながらたき火にかかった。

「しまった、すっかり忘れてたよ！」バケツをかけた棒の端の一つをつかみながら、エリセーエフが慌てながら言った。「オレーグ、早く下ろそう！」

ザイツェフがもう一方の端をつかんだ。

彼らは二人がかりでたき火のバケツを下ろし、灰をまいた草地に用心深く置いた。

セルゲイ・アンドレーエヴィチが近づいてきて、かがみ込んだ。

「よし、沸騰してるな。さあ、みんな、お茶をわかそう」

若者たちは前もって準備してきた包みからお茶の葉を熱湯に注ぎ入れた。

「よかったら、一緒にミルクも入れましょうか？」問いかけるようにレーベジェワが見た。

「そうだな、そいつは名案だな」と先生は頷いた。

エリセーエフはリュックサックから缶詰を二つ取りだし、開けにかかった。その間、レーベジェワは、きれいに削り取った棒でバケツのお湯をかき混ぜていた。手早く缶詰を開けると、エリセーエフはバケツの上でそれを逆さにした。どろりとした二本の帯をなしてミルクが流れ落ちていった……

まもなく、若者たちと先生は、甘くかぐわしい匂いのするお茶をコップからすすりながら満足そうに飲んでいた。

湿った夜の風が消えようとするたき火の炎を揺らし、川の匂いを運んできた。

山をなしている琥珀色の炭火のうえで、炎はちろちろと踊り、体を揺らし、消え入ろうとしてはまた現れるのだった。

「そろそろジャガイモを置いてもいいな」お茶をすすりながら、ザイツェフが提案した。

「その通りだね」エリセーエフが相づちをうち、火照りに目を細めながら、棒で炭火を起こしはじめた。

セルゲイ・アンドレーエヴィチはお茶を飲み干すと、切り株のうえにコップを置いた。

「レーナ、君は繊維大学に進むつもりらしいが」

レーベジェワのコップが口元で止まった。

レーナは先生を見ると、それからコップを下ろし、たき火に視線を移した。

「わたし、セルゲイ・アンドレーエヴィチ、わたし……」

彼女は、大きく息を吸い込んでから、しっかりと言い切った。

「わたし、織機工場に勤めることにしたんです」

若者たちは何も言わずに彼女のほうを見やった。

炭火をかき回しているエリセーエフが驚いた様子で言った。

「へえ、すごいもんだな！　クラスで最優秀の生徒が織機工場で、糸巻きか……」

「あんたの知ったことじゃないわよ！」レーベジェワが遮るように言った。「そうよ、わたし、たんなる織工として工場に行くわ。生産の現場を肌身で感じるためにね。でも、自分がもらった優の価値ぐらい分かっているわ」

エリセーエフは肩をすくめた。

「だったら、通信教育を受けるか、夜間のコースに通いながら、働くことだってできるだろうさ……」

「でもね、わたし、一年間ちゃんと働いて、それから全日制に入ったほうがいいと思うの。

そのほうが、勉強もしやすいし、人生のことだってもっと分かる。あたしの家は、女は、代々、織工をしてきたの。おばあちゃんも、お母さんも、姉さんも」

「それって間違ってないよ、レーナ」ザイツェフが頷きながら言った。「ぼくの叔父が、新米技師の話をしてくれたけどね。五年間勉強してきたのに、企業のことがからきし分かっていないって……」

セルゲイ・アンドレーエヴィチは、分かったという表情をしてレーベジェワの目を見やった。

「よろしい。大学に行けば君はもっとよく学べるさ。工場で一年間働くのも、とても有益なことだよ。わたしもかつて、モスクワ大学に入る前、天文台の助手として一年間働いたことがある。そのかわり、その後、実習の授業ではだれにも負けないくらい深く理解できたからね」

エリセーエフは頭をぼりぼり掻きながら言った。

「だったら、ぼくも最初は空気力学研究所の助手として働いたほうがいいでしょうか？」

隣りに座っていたザイツェフが彼の肩をぽんと叩いた。

「その通りさ、ヴィーチャ。飛行機の代わりに君が管のなかに立つのさ」

若者たちは一斉に笑いだした。

「そうしたら、あなたのテレコ狂いは一発で吹きとばしてもらえるわ」レーベジェワはそう言って新たな爆笑を買うと、彼女自身だれよりも大声で笑い出した。

エリセーエフは両手を振って言った。

「あれこれ考えるのはもうよそうぜ！　君たち、まるで頭が変だよ……さあ、ジャガイモを焼こう、そうしないと、火が消えちまう……」

若者たちはそれぞれリュックサックからジャガイモを取りだし、炭火のなかに投げ入れだした。

エリセーエフは棒をたくみに操りながら、炭火を掘り起こしはじめた。

サフチェンコが空のバケツにかがみ込んだ。

「あれ、お茶はもうなくなっちゃったの？」

「はじめから少ししかなかったもの。全部でバケツ半分ぐらいだった。みんな沸騰しちまったんだ……」

「みんな、だれか水を汲みにいってちょうだい」大声でレーベジェワが頼んだ。「私たち、これからまたお茶を沸かすから」

セルゲイ・アンドレーエヴィチがバケツをとった。

「わたしが行こう」

隣りに立っていたソコロフが手を伸ばして言った。

「セルゲイ・アンドレーエヴィチ、ぼくが行きます」

「いや、大丈夫」先生はなだめるように手のひらを向けた。両足が痺れていた。長く座りすぎていたのだ。

「それなら、一緒に行ってもいいですか？　それにしても運ぶにはかなり遠いけど……」

先生はにこりと微笑んだ。

「さあ、でかけよう」

二人は森に向かって動き出した。

伸びきっていない六月の草が足もとでさわさわと音を立て、セルゲイ・アンドレーエヴィチが両手にかかえるバケツがカチャンカチャンと静かな音を鳴らしていた。

月の光に照らし出された大きな林が四方から取り囲み、その間をくねくねと練って歩き、濡れた木の枝を顔から払わねばならなかった。

セルゲイ・アンドレーエヴィチは、何か静かなメロディーを口笛で吹きながら、急がずゆっくりと前方を歩いていった。

森の中に入ると、急にひんやりとしだし、バケツの音が甲高く響きだした。

セルゲイ・アンドレーエヴィチは立ちどまり、顔を上に向けて顎をしゃくった。

「ごらん、ミーシャ」

ソコロフは顔を上げた。

かすかにうごめく木の葉を通し、ぼんやりと白い縞をなして月の光が漏れていたが、月そのものは、高いエゾマツのてっぺんでちいさく輝いていた。ミルク色の光の筋が木の幹に斜めにかかり、樹皮や葉を銀色に染めていた。

「なんていう美しさだろう」メガネを直しながら、先生はつぶやいた。その分厚いレンズに月の光がぼんやりと揺らめいていた。「こんなにきれいな夜空はずいぶん見たことがないな。君はどうだね？」

「ぼくもです」ソコロフはあわててつぶやき、こう言い添えた。「なんて明るい月だろう……」

「そうだね。つい最近、満月だったから。今はまるで手のひらにのせて拡大鏡をのぞいたみたいだな……」

セルゲイ・アンドレーエヴィチは黙ったまま森に見とれていた。

しばらくしてソコロフは尋ねた。

「セルゲイ・アンドレーエヴィチ、ぼくたちのクラスは毎年集まるんでしょうか？」

「もちろんだとも。で、何かい、もう恋しくなったのか？」

「そうじゃないんです……」そう言ってソコロフは口ごもった。「ただ、その……」

「そのって？……」先生は彼のほうを振り向いた。

「いや、その……」

彼はそう言ったきりだまりこむと、クルミの枝をむしりながら急に口早にしゃべりだした。

「ただ……セルゲイ・アンドレーエヴィチ、先生はぼくたちにほんとうにいろんなことをしてくれました……現にサークルがそうです。ぼくは天文学が好きになりました、ですから……でも、こうして卒業したら終わりです。いや、もちろん分かってます、ぼくたち自立しなきゃだめだって、でもやっぱり……ぼくはその……」

彼はそのまま口ごもり、それから声を震わせてしゃべりだした。

「何もかもほんとうにありがとうございます。セルゲイ・アンドレーエヴィチ。先生がぼくにしてくださったこと、ぼくは生涯忘れません。絶対に！　あなたは……あなたは……ほんとうに偉大な方です」

彼はうなだれた。

彼の唇は震え、指はひっきりなしに湿った葉をもみしだいていた。

セルゲイ・アンドレーエヴィチはためらいがちに彼の肩をつかんだ。

「分かっているよ、分かってるとも、ミーシャ……」

しばらく二人は黙ったきりたたずんでいた。

それから先生は、おだやかな柔らかい調子でしゃべり出した。

「ミーシャ、偉大な人間なんてそうざらにいるものではないんだ。私は偉大なんかじゃない、中学校のたんなる教師さ。もしも君を何かほんとうに助けることができたなら、私はとっても満足さ。君の温かい言葉に感謝するよ。君は有能な若者だし、いずれ立派な学者になるような気がする。だから、気を落とすことはないと思うんだ。前途に新しい人生が待っている。新しい人々、新しい本。だから、気がふさぐ理由はないと思うよ」

彼はソコロフの肩をぽんと軽く叩いて言った。

「大丈夫さ。君たちのクラスは仲がいいし。年に一度、集まろうじゃないか。君はわたしの家にいつ来てくれたっていい。いつだって歓迎するよ」

ソコロフは嬉しそうに首をあげた。

「本当ですか?」

「嘘は言わない、本当だとも」セルゲイ・アンドレーエヴィチは笑いだして、彼を軽く突ついた。「それじゃあ、出かけよう、みんな首を長くしてお茶を待ってるからね」

透明な月の光に照らされた森の中を歩き出した。

バケツがふたたびカチャンカチャンと音を立てはじめ、足元で木の枝ががさがさと鳴り出した。

セルゲイ・アンドレーエヴィチは、しなやかな林の枝を注意深く押さえたり放したりしながら先を歩いていった。

森は急な崖となってとぎれ、その突端はごつごつして細かな藪が茂っていた。

眼下には鬱蒼たる葦の茂みに狭められた細い川が帯のように輝いていた。

川の向こうには低い森が延々とつづき、はるか遠くにこんもりとした暗い松林が見えるだけだった。

セルゲイ・アンドレーエヴィチは崖の端にしばらくたたずみながら、眼下に広がる景色を無言のまま見つめていたが、やがて大股で歩き出し、けわしい砂の坂を勇ましい足取りで駆け出していった。

ソコロフも後につづいて降りていった。

川辺の砂はぎっしりと重く湿っていた。

セルゲイ・アンドレーエヴィチは水のなかに浮ぶ切り株に足をかけて、バケツに水をくんだ。

「これでよしと……」

密生した葦の茂みの左手からタシギが飛びたち、ヒューと音を立てながら遠くに飛び去っていった。

「なんてきれいなんだろう」バケツを砂地に下ろして先生は言った。「これが自然というもんなんだよ、ミーシャ……」

彼はしばらく黙り込み、やがてジャンパーのポケットに両手を突っ込んで、言葉を続けた。

「ここは何もかもが調和に満ちている。考えつくされている。無意識のうちにね。なにかに学ばねばならないとしたら、それこそ自然さ。正直言うと、ここに月に一度やってこないと、仕事ができないんだ……」

彼は遠くを見やった。

松林が遠く地平線まで延び、東の夜空をかすかに照らしているばら色の煙に溶け合っていた。

ソコロフが小声で言った。

「セルゲイ・アンドレーエヴィチ、ぼくもこの場所がとっても気に入りました。ぼくも必ずここに来ます」

「そうしたまえ」先生はそう言って頷いた。「ここに来ると、力が湧いてくるような気がするよ。汚れのない魂がね。神秘の井戸から生きた水を飲むみたいにね。ミーシャ、その水を飲んだ後には魂がよりきれいになっていくんだ。つまらない喧嘩やごたごたはこの砂のなかに全部消えてしまう……」

彼はそう言ってバケツを持ち上げ、砂をまいた坂道を上りはじめた。

坂を登りきったところで、ソコロフはバケツに手を伸ばした。

「セルゲイ・アンドレーエヴィチ、ぼくが持ちましょうか？」

「そうだな」先生は笑みを浮かべて、彼にバケツを手渡すと、こう言い添えた。「先に行くんだ。私は少ししてから追いつくから。森の空気を少し吸っていきたいのでね……」

ソコロフは重いバケツをつかむと森の道を進んでいった。

セルゲイ・アンドレーエヴィチは両腕を胸元で十字にくみ、前方を眺めながら崖のうえにしばらく立っていた。

およそ二十歩ほど歩いたところで、ソコロフは振り返った。

じっと動かない先生の姿が幹と幹の間にくっきりと浮かんでいた。

ソコロフは脇によって、若いモミの木の影に立ち上がり、バケツをすぐ側に置いた。

先生は五分ほど立っていたが、やがて森のなかに入り、少しばかり脇道に入った。

近くにそびえ立つ白樺の間を通りぬけると、彼は立ちどまってベルトを外し、ズボンを下ろしてしゃがみこんだ。

広い帯のような月の光が彼のうえにかかり、背中や頭や膝の上で十字を組んだ両手を照らし出していた。

かすかで、とぎれがちな放屁の音が聞こえ、セルゲイ・アンドレーエヴィチは小声でうめきながら、頭を屈めた。同じ音がまたソコロフの耳に聞こえてきた。より大きな音であったが、さっきのよりも短かった。

ソコロフは指で針葉をこすりながらモミの木陰から見守っていた。

背中で見知らぬ鳥が長い鳴き声をあげた。

しばらくしてセルゲイ・アンドレーエヴィチは両手をのばして軽く腰をあげ、クルミの葉を何枚かもぎとると尻をぬぐい、ズボンを上げてベルトを締め、口笛を吹きながら、たき火の明かりが幹と幹の間に見える方角に向かって歩き出した。

落ちた枝をがさがさいわせ、眼鏡をかすかに光らせながら、彼はしっかりと足早に歩いていった。

やがて彼のやせぎすな姿が森の暗闇のなかに消え、しばらくして軽い口笛の音も消えた。

暗闇のなかにたたずんだまま、耳を傾けながら、ソコロフはバケツを持ちあげ、もと来た道を歩き出した。倒れた木を跨ぐとき、彼は注意深くバケツを傾けた。冷たい水が編み上げ靴にはねかかった。

別の手にバケツを持ちかえると、彼はモミの木を迂回し、身を寄せ合うようにして立っている二本の白樺のほうに向かっていった。月の光が白樺の幹をすべり落ちて、暗いモミの林を背に樹皮を輝かせていた。

ソコロフは、白樺の間を通りすぎると、不意に立ちどまった。目の前に月の光に満ちみちた小さな空き地が広がっていたのだ。背の高くない草はきらきらと夜露を光らせ、クルミの葉は銀色に見えた。

空き地の上を新鮮な糞の匂いがかすかに漂っていた。

ソコロフはあたりを振り返った。

あたりは、木々の暗いシルエットがじっと動かぬままくっきりと浮かび上がって見えた。彼は前方をみやり、二歩歩を進めてから、バケツを下ろし、しゃがみこんだ。

草むらのなかで、小さな糞の固まりがてらてらと鈍い光を放っていた。ソコロフはそこに自分の顔を近づけていった。強い匂いが鼻をついた。彼はべとべとする固まりの一つを手にとった。温かくて柔らかかった。彼はそれに口づけると、唇に指をすりつけながら貪るようにして噛みとり、すばやく食べはじめた。

どこか遠くでまた夜の鳥の鳴く声がした。

ソコロフは残った二つの長い固まりをそれぞれの手にとると、交互にそれらをかみ切りながら、すばやく全部をたいらげた。

森のなかには静寂が漂っていた。

柔らかいかけらを拾い集め、草にすりつけて周到に両手をぬぐうと、彼はバケツを傾けて貪欲に水を飲み込みはじめた。黒い底なしの水が彼の顔のかたわらで揺れ、水とともに月が揺れ、あべこべになった星座が揺れた。

ソコロフは冷たいバケツを汗ばんだ両の手のひらで抱きしめると、貪るようにして水を飲み、蛇座の垂直の杖が小刻みに震え、細かく砕かれていくさまを見守っていた。

真夜中の客

Ночные гости

ワシーリーは暗闇のなかで笑いを浮かべ、枕を直した。

「いやなこった、ラーイ、ボリセンコのところに頭を下げにいくなんぞ、ぼくもコロプキンもごめんだよ。ぼくはやつの丁稚なんかじゃないんだ、たらい回しにされてたまるもんか」

「だったら、あなたたち、どうするつもりなの？」ラーヤが眠たそうにつぶやいた。

「党委員会に直訴するさ」

「まあ、どうしてそうせっかちなの。ボリセンコとの仲が悪くなるだけじゃない……」

「だったらなにかい、やつといい関係を保つために出来損いを出荷するってのかい？」

「ねえ、そう熱くならないでよ、ワーシ」ラーヤは彼のほうに向き直った。「あなたたちこそ何も分かってないわ。それにつまらないことにすぐに腹を立てるし。技術管理部は何の関係もないかもしれないじゃないの」

ワシーリーは笑い出した。

「なるほどね。まあいいさ。工場ぐるみで出来損ないを作るか？」

「きちんと調べてみる必要があるわ。焦らないことよ」

「おれたち、もう調べはついてるんだ」

「でも、信じられないのよね……」

「おまえはいつだって信じないじゃないか。もう、寝たほうがいい、いい子だから」

「どうして私の口を塞ごうとするの？　私はまったくのおばかさん、てわけね？」

ワシーリーは彼女を抱いた。

「さあ、落ち着いて。これはぼくらがすべて解決することなんだ。党委員会にはどっちみち行くことになるのさ」

ラーヤはため息をつき、夫に頬を寄せた。

「分かって。あなたはあそこでエンジニアとして働くべきなの」

「ボリセンコみたいなやつは、とうの昔にくびにすべきだったんだ」

「彼のほうはあなたを首にしようとしなかったみたいだけど」

「しようにもできないのさ。正しいことをして首になった人間はまだいないからね。でも、やつは出来損ないの責任をとって首さ。今日明日にもね……」

ドアのブザーが鳴った。

「それで一巻の終わりってわけさ」毛布をはねのけながら、ワシーリーはからからと笑いだした。

「こんな遅くにだれかしら?」ベッドに腰を下ろしながら、ラーヤはあくびをした。

ワシーリーはすばやくトレパンをはいて廊下に出ると、明かりをつけてドアの鍵を開けた。

スプリングコートを着込み、平べったい大きなハンチングをかぶった二人組が敷居のところに立っていた。背の高い男は手に小さなスーツケースを持っていた。二人は遠慮がちに笑みを浮かべていた。

廊下の明かりに目を細めながら、ワシーリーは数秒間彼らを見つめていたが、それから両手を広げて笑い出した。

「こいつは驚いた……ゲオルギーじゃないか!」

客人の顔がいっそうほころび、背の高い男がワシーリーのほうに歩みよると、ひどい訛りのある言葉で話し出した。

「こんちわ、ワスィーリー、ひんさしぶりだな」

「へえ、ゲオルギーがね！」

二人は笑い、体を押しつけあうようにして抱き合った。

「さあ、中に入りなよ！」ワシーリーは笑っていた。「ラーヤ！　早くおいで！　ゴーガが来てくれたぞ！」

彼は客人たちの手をとり、廊下に引っ張り込んだ。

「どこから来たんだい？　ほんとうにロヴノからかい？」

「ピーテルからだよ、ワスィーリー、ついでに立ち寄ったんさ。あすた、午後九時の汽車でな。こんなに遅くにかんべんすろよな」

「何だよ、水くさいこと言って」ワシーリーはそう言って両手を振りまわした。

「紹介すんべ。ショータだ」背の高い男は、几帳面にもハンチングを脱いで自分の連れを紹介した。

「はじめまして！　さあ、コートを脱いで、くつろいでくれたまえ！　ラーヤ、おい、どこへ行った?!」

新しいきれいなガウンに身を包んでラーヤが現れた。

「ゲオルギー！　よく来てくれたわ！　どうして前もって知らせてくれなかったの。出迎えに行ったのに！」

ワシーリーと一緒になって彼らは部屋の中央に書き机を出した。

「床板あ傷つかなかったかねえ?」ゲオルギーは袖をまくりながら、かがみ込んだ。

「大丈夫、なんともないさ」安心させるようにワシーリーは片手を振ってみせた。

ラーヤは机の上に防水布を張り、それから清潔なタオルを敷いた。ゲオルギーはキッチンからもってきたジョッキをタオルの上に配置し、枡織りのタオルでそれを丁寧に覆った。台所からショータが出てきた。彼の白いシャツの袖もたくし上げられ、手に小さな注射器を携えていた。

「これで準備できだぞ」

ラーヤは首を横に振った。

「ああ、あたし、恐いわ、みなさん……」

ワシーリーは彼女の肩を抱いた。

「さあ、なるたけ、落ち着いて」

ショータは空いている手を胸に押し当てた。

「ラーエチカ、つがって言いますけんど、まばだきする間もありませんでず。おかけんなさい。何も心配いらねえでげすから」

「お座んなさい。ラーヤ。お座んなさい。怖がらずど」

ワシーリーはその間に緑がかったカーテンを引いた。

ラーヤは机に向かって腰をおろし、タオルの上に左手を置いた。

ゲオルギーはちょうど肩口まで彼女のガウンの袖をたくし上げた。

ショータはアルコール入りのビンを開け、手際よく中身を綿に染みこませると、肘関節の少し下あたりをそれでもって入念にこすり、すばやく三本の注射を打った。

「ほら、これでおすまい……おつぎは静脈でずよ、奥さん……」

彼は小さな鋸でアンプルを切り、二つに折ると、注射器で中身を吸いあげた。

「それじゃあ……」

ゲオルギーはラーヤの前腕を止血用のゴム管で縛った。

ショータは浮き出した血管に軽く注射針を突き立て、ゆっくりとピストンを押し出していった。

「ああ」ラーヤはにこりと微笑むと、首を横に振り、目を細めた。「ああ、空を飛んでいくみたい……ワーシ、離さないで……」

ワシーリーは彼女の肩を抱いた。

ショータは空になった注射器を机の端に置くと、体を屈めてスーツケースを開けた。スーツケースの中は黒いビロードが張られ、丸みを帯びた筒が二つ入っていた。上の筒は空っぽで、下の筒にはセロファン紙に包装された斧が収められていた。

ショータは包みの封を切って、斧を取りだした。

「さてと、こいつは消毒済みのもんだけの、完全に……」

ラーヤは笑いながら目を閉じ、椅子のうえで体が軽く揺れていた。

「ああ、がまんできない……ふふふ……ワーシ……ああ、空を飛んでるみたい……とってもいい気分……」

ワシーリーは彼女をさらにきつく抱いて、つぶやいた。

「おとなしく座ってなさい」

ゲオルギーはだらりとしたラーヤの腕をとり、手首をつかんで机に押し当てた。

ショータが斧を振り上げると、斧は頭上できらりと光った。

「ふふっ……」

斧は一直線に振り下ろされ、刃は腕を切り落とし、ごつんという音とともに机に食い込んだ。

「ああ、がまんできない」ラーヤは笑っていた。「ああ……離さないでね……ふふふ……」

ゲオルギーは切り取った腕をすばやく引っつかむと、浴室にもっていった。ショータは背の高いビンをつかみ、傷口に中身を注ぎはじめた。たちまちのうちに血は灰色帯びたばら色の固まりとなった。

彼は包帯の入った包みを破り、ぐるぐると傷口を巻きはじめた。

「これですべて終わりだす」

「ゴム管はいつ？」ワシーリーは青ざめてもぐもぐ言った。

「ゴム管はあすたの昼にはんずしてくだざい」

「ああ、分かった」

ラーヤは眠たそうに体を揺らしながら大声で笑い、もう一方の無傷の腕はだらんと揺れ、頭は前のめりになっていた。

「そんじゃあ、おぐさんをベッドにづれでって寝かせましょう」包帯を巻き終えようとしていたショータがつぶやくように言った。

彼らは、二人がかりでラーヤを持ちあげ、長椅子に寝かしつけた。

ワシーリーは彼女に毛布をかけてやった。

彼女は弱々しく笑いだした。

浴室からゲオルギーが戻ってきて、きれいに洗った腕を両腕に携えて運んできた。

ショータはそれを受けとると、セロファン紙に包み、斧と一緒にスーツケースにしまいこんだ。

ゲオルギーはポケットから刺繡を施した小さなタバコ入れを取りだし、ワシーリーに差しだした。

ワシーリーはタバコ入れを受けとると、紐をほどきにかかった。そこには金や銀の鎖がごちゃごちゃになって詰まっていた。

「よし」ワシーリーは紐を縛り、それをポケットにしまいこんだ。

ショータはたくし上げた袖を下ろしながら、ワシーリーに顔を向け、眠っているラーヤを顎で示しながら言った。

「一二時いに錠剤をやってくんさい、一時に包帯を取り替えにきますんから」

「分かった」とワシーリーはつぶやくように言い、机の上の片づけにとりかかった。

巾着　Кисет

ロシアの森よりも私が強く愛しているものはきっとこの世にはない。一年のどの季節をとっても森はすばらしく、たとえどんな天気であろうと、私はその比類ない美しさに惹きつけられる。

私自身、生まれも育ちも都会っ子なのだが、森なしでは一週間と生きられない。すべての仕事をさしおき、いろんな気苦労を忘れて、私は電車に乗る。そして半時間ほどのちには、前方をひたとにらみ、緑色の友人との出会いを予感しながら、森の小道を闊歩しているのだ。

つい先週の金曜日も、私はついに堪えきれなくなり、朝日が昇るよりも早く起きあがり、軍隊式にそそくさと朝食を終えると、アノラックのポケットにリンゴを二個つっこんで、駅に向かった。

好きな駅までの切符を買い、電車に乗り込み、いざ出陣。

車窓を眺める。窓の外は五月の初め、木々が一斉に芽を吹き、緑におおわれ、心を浮き立たせる。すれちがう電車はわんさと人が犇《ひし》めいている。猫も杓子も町に向かうのに、私は空っぽの車両に乗って町から森へと向かう。言うことなしだ……。

目的地に着き、プラットホームに降りて、左手を見やった。地平線に森が黒ずんで見える。そして梢の部分は、淡い緑色にかすかに彩られている。さらに一週間もすれば、すべてが青々と色づくことだろう。その時はもう喜びは尽きることがない！

なおもじっと見つめつづける。森の上の雲はバラ色に染まり、太陽がいまにも顔をのぞかせようとしている。森のなかで夜明けを迎えたいなら急がなくては。私はプラットホームを降り、小さなニュータウンの脇を通り、学校や火の見櫓の脇を過ぎて、好みの場所へと急ぎだした。

歩いていても、目はおのずと雲のほうに向かう。夜明けに間に合わないかもしれないからだ。

えもいわれぬあたりの美しさと静けさに、心がなごんでくる。

地面は若々しい草が芽をだし、窪地には靄がたちこめ、春特有の匂い立つ香りが漂っている。

その匂いのために、体の中の血はふつふつとたぎり、自分が四〇過ぎではなく、まだ二〇歳のように感じるのだ！

原っぱの端を横切り、丸太の橋を渡って小川を越えると、私はもう森のなかにいた。森のなかに入ればもはやどこへも急ぐ必要はない。なじみの空き地を見つけ、倒れた白樺の幹に腰かけ、あたりを見回しながら、ひとり悦に入るのだ。

まわりは白樺がまるで蠟燭のように白い幹をさらしてそびえ、枝を空に向けて突っ張り、枝にはすでに青く色づいた小さな葉がついている。緑色の煙のようだ。太陽ははや空に昇り、日差しが斜めにきらきらと幹を滑りだしていく。すると鳥たちもたちまちより強く歌い出し、草からは若い蒸気が立ち上りはじめる。梢を伝う朝の風に白樺は揺れ、若い緑が香りはじめた。

何という美しさ！

腰を下ろし、しみじみと見とれていると、急に後ろでだれかが咳払いをする声が聞こえた。

せっかくの楽しみをぶちこわしに来た、と私は思った。こんな場所でも一人にさせてはもらえない。振り返った。すると、ゆっくりとした足どりでこちらに向かってくる人の姿が見えた。率直に言って、かなり年輩の男だった――グレーのハンチングの下からすっかり白くなったもみ上げがのぞいている。綿入りのジャンパーをはおり、長靴をはき、肩にリュックサックという出でたちである。そして愛想よくこちらを見ている。

「おはよう」と彼は言った。

「こんにちわ」と私は彼に答える。

「ここに少し腰かけさせて下さい。ここはやけにきれいな草地ですね。お邪魔はしませんね」

「どうぞ、お座りなさい」と私は答えた。「場所はたっぷりありますから」

「たしかに、そう」と男は大きく息をついて言った。「場所がたっぷり……」

地面にリュックサックを下ろすと、男は腰をかけた。

腰を下ろしたまま、私たちは、朝日がますます高い枝の隙間からこぼれ落ちていくさまを眺めていた。そして私はときおり見知らぬ男のほうに目をやった。

男はハンチングを脱ぐと、白樺の幹にかけた。見ると、彼の頭は、まるで粉を振りかけたように、白髪におおわれている。皺だらけの老けた顔つきだが、目だけは若々しい煌めきに溢れている。

さらに数分間、腰を下ろしたままでいると、彼は言った。

「森で夜明けを迎えるものに、老いたるはなし、さ」

私はその賢い言葉に相づちをうった。

「あなたは森のなかで夜明けを迎えるのがお好きなんですか？」私は尋ねた。

「ええ」と彼は答えた。

「ここにはよくいらっしゃるんですか？」

「ええ、毎日来ないと気がすまないくらいですよ」

私は驚いた。

「幸せな人だ。で、ニュータウンにお住まいで？」と私は尋ねた。

「いや、土地の者です」と男は答えた。「森の中をただ歩き回ってるだけなんです」

こいつは驚いた。森の中を歩き回っているだと。ひょっとして、この男は強盗かさもなくば脱走者だろうか？

すると男は、私の考えを察したかのように、にやりと微笑んだ。目じりの皺が急につっ張った。

「つまらぬことを考えなさるな」と男は言った。「私は、べつに気ちがいでも、罪人でもない。ただの薬草屋です。薬草や薬根を集めて売っているんです。薬剤工場はあとでその薬草から薬を作るんですよ。私はそれが商売でしてね。以前は協同組合《アルテリ》で働いていたんですが、最近決心したんです。というわけで一人で歩き回ってる次第です……」

「そうでしたか」と私は答えた。「でも、いまは薬草はほとんどありませんがね。ありそうに見えるだけで」

「その通り」と男は答えた。「で、私がいま探しているのはスズランなんです」

「え？　スズランはもう散ってしまいましたよ……」

「それもその通り」と男は微笑む。「花は散りました。でも、実の部分はじつはいまが収穫のさかりなんです。まあ、見てください……」

男はすり切れたリュックサックの紐を解きはじめた。

私はそばに寄って見ると、リュックサックのなかは樹皮や木の根を包んだセロファンの包みがぎっしり詰まっていた。男はその中からいちばん大きな包みを取りだし、広げると言った。

「これがスズランの実。スズランの実は医学ではじつに利用範囲が広いんです」

見ると、赤みがかったビーズが入っていたが、スズランの香りはまったくしない。

「なるほどね」と私は言った。「スズランの花はいつも見てましたが、スズランの実を見るのはこれがはじめてです」

しかし見知らぬ男は微笑んだ。

「なあに、よくあることです」男はそう言って私に訊ねた。「あなたは町の人で?」

「ええ」と私は答えた。「町から来ました」

彼はにこりとして、それきり何も言わなかった。

太陽が昇り、じりじりと照りつけはじめた。見知らぬ男は防寒用の綿入りジャンパーを脱いで、そばの白樺の木に掛けた。ジャンパーの下に着ていた軍服用の上着には肩章がなく、真四角な勲章用のリボンがいくつも下がっていた。その数は二〇を下らなかった。この男も戦争を避けて通れなかったことがひと目で分かった。男はまぶしげに太陽を見あげ、ポケットから巾着を取りだした。率直に言って、その巾着というのがじつに奇妙な代物だった。そんじょそこらにあるものではない。私自身、一度もタバコをたしなんだことはないし、味のちがいなどまったく分からない。だが、巾着は見たことがあった。昔、ほんの子どもだった頃からずっと見てきた。当時は多くの老人がパイプや手巻きのタバコを吸っていた。しかし彼らの巾着には、取りたてて変わったところはなかった。タバコを入れる、ごくありきたりな布製か革製の小袋だったのだ。ところが、その男のもっていた巾着は、すっかりすり切れ、模様のついた、シルクの紐のついた格別の代物で、しかも、キッドの革に似た細い革で縫い上げられていた。どう見ても、わが国の製縫工場で作られたものではない。

見知らぬ男は巾着を大事そうに膝の上に置くと、紐を解き、紙を取りだして、タバコを巻きにかかった。

私はこらえきれなくなって男に尋ねた。

「失礼ですが、あなたの巾着はどこのものです?」

男はこちらを振り向き、にやりと笑うと、こう問い返してきた。

「どこのものって?」

「ええ」と私は答えた。「なにか特別な感じですね。まるでイスラム教徒のものみたいだ」

「イスラム教徒のもの?」男はそう問い返すと、首を横に振った。笑みは絶えなかったが、その目に何か叱責のようなものがきらりと光った。「いやはや、イスラム教徒とはね」彼は答えた。「いったいどこがイスラム教徒風なんです? こいつは、正真正銘、ロシア人の手が縫い上げた巾着ですよ」

そして黙り込んだ。

私も黙り込む。男に場違いな質問をしたことで気後れしたのだ。

男はその間にタバコを巻きあげ、ゆったりとタバコをふかしたが、それでも巾着はしまわなかった。手のひらに載せたまま、しげしげと見やっている。そして、まるで一気に老け込んだかのように、その顔に厳しい表情が浮かびあがった。

彼はそうしてすわったまま、一服すると、話し出した。

「さっきの特別という言葉ですがね、じつはあなたがおっしゃったことは正しいのです。たしかにこの巾着はありきたりなもんじゃない。じつを言うと、私の人生はすべてこの巾着に関わっているんですからね」

「面白い」と私は答えて言った。「それはまたどういうことです?」

「つまりこういう話ですよ」と彼は、また一息タバコを吸うと、まぶしげに太陽を見やった。「ずいぶん昔の話になりますがね。四〇年もまえのことです。もしも、この巾着にほんとうに興味がおありなら、ひとつ話を聞かせてあげますがね」

「もちろん」と私は答える。「話してください。その話にほんとうに興味がある」

タバコを吸い終えると、男は火を消して、話をはじめた。

「私が生まれたのは、ヤロスラーヴリに近いポソーヒノという村です。まだ髪の色なんかも薄くて、貧しい子ども時代をそこで過ごしました。私の青春時代がはじまったのもそこです。しかし、そこで戦争が起こりました。おかげで、ガールフレンドにキスをするチャンスもなしに、一八の年の六月二三日に義勇兵として出征しました。

私たち男どもは、キエフの郊外に投入されました。三日間の戦いで、連隊で生き残ったのは四二名でした。全員が負傷し、傷だらけでした。包囲網を脱けだし、それから退却していきました。しかしこの退却っていうのは、死ぬ方がましというくらいひどい。とても勧められたものじゃない。村を通っていくこともままありました。すると女どもや老人どもが出てきて、百姓家のそばに黙って立ったまま、こっちをにらんでいる。で、われわれは頭を垂れたまま、歩いていくわけです。歩いてはいるが、私の胸はもういっぱいです。彼らの目をまともに見られない……。そうしてわれわれはスモレンスクのすぐそばまでやってきたんですが、そこのとある小さな村で、一五分間の小休止をとるために止まったのです。ベルトを締め、ゲートルを交換するためです。そこでですよ、私はある百姓家の窓をこつこつと叩いたんです。つまり、飲み水を供出してもらうためです。すると、私と同じくらいの年の娘が出てきました。青い目をし、亜麻色のお下げを腰まで垂らした美しい娘でした。私はすぐに口をつぐみ、ちらりと思ったもんです。ああ、ここには老婆や老人の外だれもいないんだ、とね。で、娘は何も言わずに、私の願いを聞きいれると、銅製の水差しに水を入れて持ってきてくれ、私の前に立っています。私はその水を一気に飲み干しました。正直言いますが、その時、私にはその水がどんなワインよりもネクターよりも甘く思えました。袖で口をぬぐうと、水差しを彼女に返して、こう言ったのです。

『ありがとう』

するとと彼女も大きく目を見開いて私を見ています。隠さずに言いますが、なにしろあの頃の私はなかなかの見てくれの若者でしたからね。

『たくさんどうぞ』と娘は言い、『で、タバコはお吸いになりますか？』と尋ねてきました。

『ええ』と私は答えました。『少しだけ吸います』

すると彼女は奥に消え、また戻ってくると、その手に巾着を持っていました。それがこの巾着ってわけです。あの頃、この巾着はまったく新品でした。そして娘はこんなことを言ったのです。

『兵隊さん、この巾着は、最近私が縫ったものですの。兄に送るつもりでしたが、つい一週間前に戦死公報が届きました。ゴーメリの郊外で死んだんです。ですからあなたがこの巾着を受けとってください。この中には、良質のタバコも入っていますから。まだ戦争が始まる前に町で買ったものです』

そう言って巾着を私に差し出しました。

『ありがとう』と私は言いました。『で、君はなんていう名前？』

『ナターシャ』

『ぼくはニコライ』

そこで彼女は私の手をとり、こう言うのです。

『あのね、ニコライ。あなたに一つお願いがあるの。今すぐタバコをやめ、私たちがベルリンを占領するまでタバコは吸わない、と私に約束してほしいの。占領して、敵をうち負かしたら、すぐにでも吸っていいわ』

娘にそんなふうな頼み事をされ、しかも彼女が、わが国の勝利にそんなふうな確信を抱いていることに私は驚きました。でも、私はその場で約束しました。本当を言うと、娘にそういう信念があったからこそ、私もその時勇気づけられ、前よりもしっかりすることができたのです。私の心の中で何か大きな変化が起こったみたいでした。戦時中、私はナターシャの巾着をずっと胸にしまい、片時も彼女の目を忘れることはありませんでした。どんなに激しい戦闘のときでも、私はまざまざとその目を思い出していました……。手短に言うと、私は戦火をまる四年もくぐり抜けていきました。キエフを占領し、ワルシャワを占領しました。ベルリンも占領しました。そしてたまたま国会議事堂の占領にも加わりました。当時、私は大尉で、大隊を指揮していました。三度負傷し、三度打撲しました。胸のメダルはもう数え切れないくらいでした。勲章が四つ。そしてついにわれわれは、国会議事堂を占領し、獣どもをその巣窟で捕まえたのです。血みどろのつらい戦いでしたが、私はナターシャの一言を思い出し、まわりの連中が〈ウラー！〉の声を挙げるや、私は巾着を取りだし、紐を解き、軍隊用の新聞の切れ端にタバコを詰め、手巻きタバコをまいて、吸いはじめたのです。そう吸いはじめました……なんというのか、あの手巻きタバコにまさる甘さはありませんでしたね。タバコを吸いながら、私はこぶしで涙を拭っていました。俗に言う一仕事を終えて、どう猛な獣を捕まえ、ようやくタバコを吸うことができました……。

ところがその後で不幸に見舞われました。勝利の日のことです。故郷に引きあげる時がきたのですが、連隊に一人腹黒い男がいましてね、私のことを当局に中傷し、私は兵士のまま逮捕されたのです。腹黒い中傷のおかげで私はシベリアの森林伐採に出発しました。そして二〇回党大会まで、ずっと木を切り続けていたのです。そしてその間もナターシャの巾着はずっと私の手元にありました。この胸元に入れておいたのです。この巾着はシベリアの厳しい寒さのなかで私を暖めてくれ、おかげで気持ちがくじけることはありませんでした。そしてナターシャの顔がいつも目の前に浮かんでいました。ほんとうに辛い毎日でした。しかし、なんとか生き延びることができたのです。そして大事なのは、だれにも恨みを抱くことがなかったということです。五六年に私は党員証を返してもらい、地区の国民教育局での仕事をあてがわれました。そして最初の休暇が与えられると、私はすぐにスモレンスク郡に出かけていきました。そう、まさにあの村です。村はすぐに見つかりました。しかし、ナターシャの家は見つかりませんでした。すでになかったのです。戦時中にドイツ軍が村を焼き払い、その後、四六年に改めて建てられていました。でナターシャですが、そこの村役場での話だと、彼女はすでに四一年にパルチザンに入っていたそうです。それ以来、彼女の消息は何一つ聞いていない、とのことでした。彼女の部隊はごく小さなものの一つで、まもなく白ロシアに移動していったのです。ざっとまあ、こんな話です。でも、大事なのは、彼女がおばあさんと住んでいて、戦前に両親を亡くしていたということです。で、そのおばあさんもだいぶ前に死んでいました。ですから、親類縁者はだれ一人残らなかったことになります。でも、名字だけは知ることができました。ポリャコーワという名字でした。こうしてナターシャ・ポリャコーワ探しが始まったわけです。わたしはもう足を棒にして歩きまわりました。四年間、私はあのナターシャを探しつづけ、そして見つけだしたのです。ついに！　彼女がオデッサの町に住んでいることをある人が手紙に書いてくれました。ナターリア・チモフェーエヴナ・ポリャコーワ。一九二三年生まれ。私は無給の休暇をとり、オデッサに出かけました。手紙に書かれた通りを見つけ、アパートを見つけました。中庭に入りました。六号室と教えられました。ノックしました。そして私のナターシャがドアを開けてくれたのです。一六年間、彼女は少しも変わっていませんでした。変わったのは、ほんとうにごくわずかでした。お下げも切っていませんでしたし、目はあの時のままの目で、まるで二輪の矢車菊のようでした。

『こんにちわ、ナターシャ』と言いました。『とうとう君を見つけたよ』

しかし、彼女はとても驚いた様子で、こう尋ねてきました。

『どちらさまでしょうか？』

そこで私は彼女に巾着を見せました。

彼女はそれをしばらく眺めてから、両手を顔にもっていき、左手をこんなふうに大きく持ち上げ、それからスカートを引っ張ったり、触っては離したり、足を小刻みにゆらしながら、私の袖をしきりに引っ張るのです。私は巾着を手にして、立ったまま泣いていました。彼女は腰を下ろすと、両足をこんなふうにもぞもぞさせ、紐をまっすぐにしようと、巾着を手でゆすりはじめました。というのも、紐がぴんとしていなかったり、ゆるんでいたりすると紐がきたなく見えるからです。でも、もう一本の紐のほうは、巾着に〈ドゥカート〉というタバコが入っていましたからぴんと張っていました。そしてとうとう私たちはアパートというのか、まあ、部屋のなかに入っていきました。部屋といっても、さほど狭くはありませんでした。ナターシャはこんなふうに何度も頭をふり、私がそばを自由に歩けるようにとまた手で仕草をするのです。でも、私は巾着を下におろし、洋服簞笥のそばで腹を決めました。そしてそこで、前から考えていた通り、大事なこと、写真のことなどを順々に話していったのでした。私は泣くこともできず、話をはじめました。ええと、私は働いていて、きれいな仕事の注文をいろいろ請負っているんです、とね。で、いろいろ説明もしました。で彼女は客人をどんなふうに優しく迎えればよいか弁えているので、微笑みながら、夕食に誘います。

『さあ、さあ、お座りになって。だってこれは私たちにとって大事なことですからね』

で、私は話しました。私たち人間はどうしてこんな具合になっているのでしょう、私が前に印刷工だったことや、きちんとしたふるまい方をどうしてろくに考えなかったのでしょう、と。

あるいは、ひょっとして私が知っていたのはもっと少しだったのでしょうか？

それとも頭がぼうっとしていたのでしょうか？

しかし地区の人々は、他ならぬ性、さらにはその先の何かが大事なのを分かっていたのに、自分がなぜ信じていたのか、私には分からなかったのです。

でも、私は途中までもかまわないと思っていました。

で私は、毎朝、地区委員会に出向き、電話電報の中身をぜんぶ確かめました。

彼らはきちんと調べてくれていたのです。たとえ、一〇番とか、二番とか、六番といった電話番号で指示されていても、それはソフローニャをとおしてじかに行われました。

そしてその様子をちゃんと見ていたのです。

でもね、両手に書類を手にし、調査が正しいと信じ、理解するというのは、それはもう本の結びつきなんかじゃない。本によるものなんかじゃない。狭苦しい、正しくない友情関係じゃない。私たちは分かってました。なぜあの時、重っ苦しい部屋の隅々で、〈どだい無理な話さ〉と話していたのか。あれが、そこでの調査にかんする最初の反応でした。正しい日付とすぐさま『受け入れ』の合図。合図された人々、市民権を奪われていない人々。しかし後になってようやく、黄金にも等しい正しい情報が入ったのです。人生は正しかった。そして彼らは正しく生きていたのです。なぜなら私は、純粋な中心にどう従ってきたか、この余分な重さをどう逃れてきたかが、分かっていたからです。

私には分かるんです。君が体を傾け、はだかのまま、腐った穴《ブリド》や乳色の房《ヴィド》を見せようとするときに私に話したことが。私は知ってました。正面にヴィドがあり、後ろの白いかたまりの間に腐ったブリドがあること、そしてその少し上には、かりにこんなふうに信じて撫でていけば、湿ったブリドが、つまり、濡れたブリドがあるということが、私にはよく分かっていました。

私はこう信じているんです。素朴な、人間らしい条件とはよく理解すること、要するに、抱くことだと、ね。そして抱き合うこと――抱き合うのは、ひとえに乳色のヴィドのためとなぜ私が考えるのか、私たちには分かりませんでした。抱き合うこと、押し寄せる何かに逆らい、説明に逆らって抱き合うことは絶対に正しい、ということを私は、もううっとりと覚えていたのです。そしてきちんと正しく抱き合ったのです。

不可欠なものすべてのなかから単純な真理を引き出しましょう。

私は信じているんです。自分は、いちばん確固とした、不屈なことをやるだろう、ってね。

乳色のヴィドを私たちはシルクで縛る。

腐ったブリドは茶色のカッテージチーズと理解しなければならない。

濡れたブリド、それは全人類の記憶。

で、巾着ですか?

巾着では苦労したんですよ、ええ。

覚えてますがね、明け方起きあがると。五時半の窓の向こうはまだ闇で明かり取りはすっかり凍りつき砂糖ぬきの茶で朝食をとり駅に向かいそこで石炭入りの袋をおろし一二時に昼食の調理場に立ち寄るとサウナみたいに蒸気がもうもう立ち上りコックたちが大鍋のそばに立ちメリケン粉の入った大鍋の中は切り取った家畜の頭がごぼごぼ煮立ち涎が出るほど豪勢な匂いが立ちこめコックは顔見知りのエラストでやつに目くばせをするとやつは向こうを向き私は綿入り上着の袖に大鍋の頭を突っこみ中庭の雪のなかに投げだし長靴からきさげを取りだし頭のてっぺんをこつこつやって頭蓋骨をほじくり脳味噌をかきだして食って食って食いまくった汗がでるほどたらふく食ったこんなふうに生きてきたが今じゃどの店まわってもそんなものありゃしない私は歩き回りお辞儀して頼みこんだがどうだやつら前線帰りをへとも思わずそいつはだめだどうして店に品物がないだめだめいいかね私はだなにもかもじつにちゃんとわきまえただしく何かをしなければはからねばと分かるときはきっちりとやりとげてきたせめて乳色のヴィドと抱き合いさえすればそこに単純な平衡があるんだ。

だから、これまで述べたことにしたがって定義しよう。

乳色のヴィドは風袋抜きで理解する。

腐ったブリドは混じりけのない褐色ないしは根っこのカッテージチーズ。

濡れたブリドはごくありふれた反応器。

で、巾着ですか？

巾着には苦労したんですよ、ええ。

今でも覚えているのは彼はそこで私を起こしドアを開けて招き入れるとそこに真っ黒に焼けたクセーニヤがいて寝そべっているああおれはそのままうずくまった燃えさしみたい

に黒いそのわきにはミミズがそいつは白いシーツを這いこともあろうに小ブタみたいにぶっといやつだ全身がまっしろでこんなふうに丸く脂をぎらつかせながらかすかにうごめき何かをたらふく食ったそこに私は立ちつくしているとエゴール・イワーヌイチが泣きだしポクロフの婆さんたちがやってきてシーツの四隅をつかみ十字をきりながら運びだしたがやつめちくしょう急にきいきい声はりあげやがってみんなをぴくぴくさせそうして中庭に運び出すとそこにミーシャとピョートルが網に発煙器をたずさえて立っていて蜂箱は待機し屋根は外されござは奪われ去っていくと婆さんたちが巣箱にミミズを投げいれミツバチはミミズを刺しまくりピョートルは蓋を押さえつけそうして夜まで蓋の下から罰当たりはしきりを上げていた。

だから、これまで述べたことにしたがって定義しよう。

乳色のヴィドは湿けた挽き割りとみなす。

腐ったブリドは新鮮な褐色のカッテージチーズ。

濡れたブリドは二番目の通路の鉱山。

で、巾着ですか?

巾着では苦労したんです、ええ。

今でも覚えているのは朝命令が下されて建てられソロヴィヨーフは一人一人の手にシャ

ベルを持つように命じ先へ先へと掘っていき人がもっていったものを食べそれからふたたび掘って掘りまくりついに向こうの面が顔をだし二六のジャッキを敷設し揺らすと上昇しさらに揺らすと上昇し工兵は丸太をつっこみクロップトフを押し開けるとそこは鍵がかかり鋸で切り取らねばならず後になって開けるとそこから這いだしてきたそれはスチョーパで口にするも恐ろしいほど何トンにもなるシラミいまだかつて見たことがなかったただいくつもの波がたえず掘られた川を流れソロヴィヨーフはポンプポンプと叫んでいるこうしてあなたをジュルトコフは旗を掲げおろしさあ揺らしてみようそしてそれらはざわめいていたどんなかは知らないだが砂のようにかあるいはいや砂みたいではなく埃のようにか臭いが漂い私はそれを何と言ってよいか分からず要するにただシラミがにおっているそれはあまりに不意だったので私にも分からなかったしセリョージャにも分からなかった。

だから、これまで述べたことにしたがって定義しよう。

乳色のヴィドは欠くべからざる顔料とみなす。

腐ったブリドは茶色のカッテージチーズ。

濡れたブリドは包皮の下の黴。

で、巾着ですか？

巾着ではちょいとばかり苦労したんです、ええ。

よく覚えているのは彼がその頃朝から私とアーニャを押しのけたくさんの箱を見せてくれ早く仕分けしろと言い私たちはもう準備ができているしすぐに棚によじのぼり仕事にとりかかったそしてこうして腰を下ろして仕分けしているとき私はアーニャに例のことについて具合いはどうだと尋ねた彼女は話しはじめた彼女が言うにはマーシャは妊娠中に歩き回っていたそのころからすでにみんなが驚いていたもう八、九ヶ月に入っているというのにお腹はちいさかったので子どもを産んだとき赤ん坊はほんとうに驚くほどちいさかった小さかったというかまさに胎児で手のひらにおさまるほどだったはじめ二人とも乳児の保護のために病院にあずけたが赤ん坊は正常な分娩で生まれた子どもで元気だったのでやがて退院させられ家で養生し赤ん坊は育ちだしたものの正常とはいえずつまり完全とはいえず胸郭ばかりが張り出してきたつまり頭と足は成長せずに中間だけが発達し彼女が言うには子どもはソーセージのように寝そべっていたがやがてますます大きくなり芋虫のように這いはじめいっさい泣き声をあげなかったが彼女はスポイトでミルクや乳児用の食料を与えそれから子どもと自分の里に出かけていったというのもみんながそのことを噂しだしたからでそうして二年間彼女は姿を見せぬまま姑と口論し彼女は手紙も書かず姑は意を決して自分から二人のもとに出かけ帰ったときは白髪になっていた彼女は何も言わずにマーシャにお金だけを送り夜毎涙を流しているのでそこでアーニャとアンドレイは出かけていったが家には入れてもらえずマーシャとアーニャはドアごしに激しく言い合い家のカーテンがひっそりと閉めきられアーニャは何も知ることができなかった。

というわけで右に述べたことに照らして、私たちは正しいとみなそう。

乳色のヴィドは汗ばんだおっぱい。
腐ったブリドはたんなるピローグ。
濡れたブリドは生きたシラミの樽」

しごとの話

Деловое предложение

「いいかね、みんな、われわれは連載ものの長編小説を出してるわけじゃないんだ」アヴォーチンは、水の入ったビンにタバコの吸いさしを放り込むと、顔のまわりに漂う煙を手で追い払った。「われわれが出しているのは月刊誌じゃなく、たかが大学新聞だってことだ」

そこでサヴーシキンがにやりと笑った。

「そんなこと分かりきってますよ。でもね、これは長編小説なんかじゃない。言ってみりゃ、小説っぽく味つけした地質学探検隊の調査日誌なんです。それとこれとをごっちゃにしちゃ困りますよ」

「でもね、分量がやたらに多いじゃないか、ヴィーチャ」アヴォーチンは立ち上がり、両手を脇の下につっこんだまま、狭い編集室のなかをぐるぐると歩きはじめた。「印刷台紙にしてほとんど二枚分だぞ！　われわれの雑報欄は、タイプ印書で十枚しかないんだ。なにかね、君らの日誌を五号に分載しろ、っていうのかね」

「ええ、それでも結構ですよ」ケルシェンバウムが横から口を挟んだ。「なにしろこいつはアガサ・クリスティなんかじゃない、アクチュアルな意味をもったれっきとした資料、地質学者たちの血と汗の結晶なんですからね」

「なかなかよく書けてると思うけどな」コロミエツが肩をすくめて言った。

「だらだらしてる」アヴォーチンは歩きながらつぶやいた。「だらだらしてるし、むだが多すぎる」

「どこがだらだらしているんです。これがだらだらしてるっていうんですか」

「どこもかしこも、ちゃんとメリハリがついているじゃないですか！」

「自然描写なんかすごくいい！　サーシャはよくがんばりましたよ」

アヴォーチンは机に近づくと、そこにてのひらをのせてしっかりと体を支えた。

「さて、そろそろきりをつけよう。われわれにこれを出してほしいなら、二分の一に縮めることだね。そうしてくれれば、二号に収まるようにこっちも努力しよう。そうでなければ何も出ないって覚悟することだな」

真向いに座っている学生たちは驚いたようにたがいの顔を見合わせた。

「二分の一だって？　いったいどういうつもりだい？」

「どうやって二分の一にするんだ。そしたら何が残るっていうんだ？」

「縮めるところなんかどこにもないぜ。ええっ？」

アヴォーチンは机の上に腰をおろし、一つあくびをしてからちらりと時計を見やった。

「八時をまわったか……またしても会議で時間がつぶれた……」

ケルシェンバウムが机に近づいて言った。

「セリョージャ、そいつはどうみたって無理な話だぜ。どうやって短くするっていうんだ？　ここに書いてあるのは事実とか、発見ばかりなんだぞ。地方の民俗資料だってすごいのがある。ウラルを描写したのだって。なに、それをぜんぶ削れっていうのか？」

「削るんじゃなくて、縮めるんだ。削れとは一言も言っていない。短くするんだよ。君ら、文学者だろ。フォークロアであれ、ウラルであれ、何であれ、すべてがきちんと残るように短くするんだ」

「でもね、ぼくらの資料は内容がつまっている。隙間なんてほとんどないし、あるのは事実ばかりさ」

「たとえ事実でも短く、はっきりと書けなきゃだめなんだよ」

「セリョージャ、でも、君の言っていることは矛盾してないか。この前、君は、われわれにとって切実ですばらしい素材なら、全号まるまる割いても惜しくない、って言ってたろう。ところが今度はどうだ？　ハナから縮めろってきた。そんなの、いちばん安易だよ」

「そうじゃない。そこが一番難しいところなんだ。短く、はっきりと書くぐらいむずかしいことはないよ。それはそうと、君はいったい何を提案しているんだね？　一〇号連載で出せっていうのか？」

「それのどこが悪い？」サヴーシキンは立ち上がって言った。「これほどの資料なら、それぐらい延ばしたって恥ずかしいことなんかない」

「もちろんさ。しかも満足して読んでもらえるよ」

アヴォーチンはもどかしげにため息をついた。

「いいかね。君らは大学新聞ってものがどんなものか分かってない。全部で二面しかないんだ。いいか、二面だぞ。もしも四面あるんだったら、むろん、君らの資料を、五号連載で載せたっていい。だが、それは今はできない話だ。不可能なんだよ。何はともあれ、会議はそろそろお開きにしよう。こうしていてもきりがないからね……」

「お開きにするってどういうことだ。資料はどうなる？」

「短く刈り込むことだね。それ以外は受けつけられない」

「そんなの無理だよ、セルゲイ」

「できるよ。刈り込めば、もっと良くなるって」

「何、ばかばかしい……」

「よかろう、勇気あるみんな、これでお開きにしよう。短く刈り込んでから、もってきたまえ。話はそれからだ」

学生たちは黙ったままだった。

アヴォーチンは立ち上がり、机の上の書類を鞄につめはじめた。サヴーシキンは立ち上がって、きっぱりと言いはなった。

「いいか、セリョージャ、こんなことにしかならないんなら、ぼくらはコムソモールの委員会に助言を求めることにするよ」

「その通り」ケルシェンバウムが相づちをうった。

「ローセフに見せよう。彼に決めてもらおう」

「そりゃ一向にかまわんがね」アヴォーチンはそっけなく言った。「わたしの考えはいま言ったとおりだ。ローセフにも同じことを言う。資料の規模にかんしては、結局はいつも、党委員会で決められてきたからね……しかし今日は、ここらへんで失敬するよ。まだ家の仕事をやり残しているのでね……」

学生たちはだまって退散しはじめた。

「ゲーナ、君はちょっと残ってくれ」書類鞄のボタンを留めながらアヴォーチンは言った。「DNDからここに君の論文にかんする来客があったんだが、それを君に言うのをすっかり忘れてた……」

コロミエツはソファに近づき、ふたたび腰をおろした。

アヴォーチンは書類鞄のボタンをとめ、開いているドアをちらりと見やりながら、顎の汗をぬぐった。

「きのう、学生建設隊との間で起こった例の騒ぎのことを考えていたんだが。で、君にひとつしごとの話があるんだが」

笑いながら、コロミエツはうなずいた。

「ドアを閉めてくれ」とアヴォーチンは小声で言った。

コロミエツは立ち上がり、ドアに近づいて、それを閉めると、鍵の丸い取っ手を二度回した。

それからアヴォーチンのほうを振りむき、白くきれいに並んだ歯を見せて、さらに大きく微笑んだ。

アヴォーチンはおもむろに机を離れると、彼のほうに近づき、片手を伸ばし、つるつるに剃り上がった彼の頰に震える指を這わせた。コロミエツは小さな声で笑いだし、てのひらをアヴォーチンのがっしりとした両肩の上に置いた。一瞬、二人はたがいに目を見交わし、二つの顔がやがてゆっくりと近づいていった。

二人は長いこと、ドアにもたれかかりながら、キスを交わしていた。アヴォーチンはコロミエツの巻毛の頭をなで、彼のズボンのチャックを下ろしはじめた。コロミエツはその手を払いのけた。

「いまはだめです」

「どうして？　ここでやるんだ！」アヴォーチンは彼の耳元でささやいた。

「だめです」

「だれも見ていないよ。窓からは何も見えないし……」

「だめなんです」

アヴォーチンは肩をすくめて言った。

「何をこわがってるんだ？」

コロミエツは笑みをうかべた。

「何も」

「なら、どうして。さあ、やろうよ、ゲン」

「いや、だめです」コロミエツは上の空な様子でつぶやき、ドアによりかかると、天井を見あげた。

アヴォーチンは彼の頰を撫でていた。

「じゃあ、ぼくの家に来るか？」

「あなたの家に？」大儀そうな様子でコロミエツはおうむ返しに訊ねた。

「そう、ぼくんとこさ」

「ちょっと面倒くさいな」

「なら、車をつかまえよう。一五分かそこらだ。さあ、行こう」

コロミエツはぐずぐずしている。

「行きたくないな」

「なぜだ、ゲン？」

「行きたくないな。だいいち……」言いよどみながら、彼は窓のほうに近づいた。「あなたに大事なことを言っていないもの」

「なんだって？」とアヴォーチンは警戒するような口ぶりで尋ねた。

コロミエツはふっとため息をつきしばらく間をおいてから言った。

「きのう彼女のアレ嗅いじゃったんです」

アヴォーチンの顔がさっと青ざめた。

コロミエツは窓の敷居に腰をおろし、やはり黙りこくっていた。

「ゲーナ……」アヴォーチンは押し殺したような声でつぶやいた。「君は約束したろ、約束を……」

コロミエツは窓の外を見つめている。

「ゲーナ！　ゲーナ！」アヴォーチンは跪き、コロミエツのほうににじりよってその膝に顔を埋めると、おいおい泣きだした。

「ねえ、いいかげんにしてくれませんか？」コロミエツは疲れた様子で彼を押し退けた。

「ぼくは……、ぼくは……、君は約束したじゃないか」とアヴォーチンは声を嗄らして言った。「君は約束した……なのに、ひどい、ひどいやつ！」

「分かりました、もう、ぼくは……」

「ひどい、ひどいったらない！」アヴォーチンは頭を振りながら、泣き叫んだ。「君はぼくを苦しめたいだけなんだ、そうだろう？　ぼくに彼女を殺せって言うのか？　それとも、首を吊って……死ね、と……ひどいやつだ！」

「なにばかなこと言ってるんです……さあ、立って……すぐに立って……」

「ひどい！　あいつを殺してやる！　やくざなメス犬！　くそったれ！　殺してやる！」

「静かに！　さあ、立ってください、あなたのソレみたいに……立ってください」

「あの豚！　でも君は、自分から約束しておきながら！　君はあの時、ヤルタでちゃんと誓ったじゃないか！　誓ったじゃないか！」

「もう、いいでしょ……」

「だめだ！　ぼくはなに、君の言いなりってわけか？　そうか？　チェスの駒ってわけか？　ペルフィエフと同じか？　君はぼくのことを人間だと思っていないんだろう？　さあ、答えるんだ！　で、彼女に？　彼女に？　あのあまめ！　売女め！」

コロミエツは両手でアヴォーチンの頭を抱き、彼の口をてのひらで覆った。しばらく二人は口をつぐんでいた。アヴォーチンのはあはあという声だけが聞こえていた。アヴォーチンは立ち上がり、ハンカチを取り出すと、顔をぬぐい、急にしらっとした様子で言った。

「でも、まあ、言ってみれば君のプライバシーだ。君はなにしろぼくらの間じゃエゴイストで通っているからな。自分のことしか頭にない。でもぼくはずっと君のことを思ってた」

彼は机に近づき中段の引出しをひくと、ピンク色のリボンで結んだ包みを取り出した。

「ほら、君へのプレゼントだ」

彼はコロミエツに近づき、窓の敷居にその包みを投げ出して言った。

「何もかもうまくいくように」

コロミエッツは包みを手にすると、膝のうえに置き、リボンをほどいた。それから包装紙を開き、それを床に投げた。彼の両手に、細長い箱が現れた。

コロミエッツは箱を開けた。

箱のなかには荒っぽく切り取った男の顔の一部が詰めてあった。切断されてひからびた皮膚の端は、固まった血のりでおおわれ、片方のみ残された髭面の頬は、青みを帯びててかてかと光る頬骨と、あんぐり開いた顎骨のあいだに落ちこんでいた。切りとった唇の下からは、タバコのやにのついた歯が突き出していた。そのうちの二本が金歯だった。箱の隅には、黒ずんだ眼窩から絞りだされた目玉がころがっていた。

驚いた様子で、箱の中身にじっと目をこらしながら、コロミエッツは窓敷居から少し腰を浮かした。

アヴォーチンは気のない笑いをした。

突然、コロミエッツは箱を床に投げ出すと、アヴォーチンの首に飛びついた。

「セリョージャ!」

アヴォーチンもそれに応えるように彼を抱いた。コロミエッツは有頂天になってアヴォーチンの顔にキスをした。

「セリョーシカ……、セリョーシカ……！」

彼は落ち着きを取り戻すと、首を横にふった。

「セリョージャ！」

彼の顔は有頂天に輝いていた。

「でも君は言うんだな。ジェリーって！」とアヴォーチンはにやりとした。

「セリョーシカ！」コロミエツはふたたび彼にキスを浴びせた。

「で、きみは別のプレゼントをくれるのかい？」と満足そうにアヴォーチンは笑った。

「じゃあ、出かけようか？」

コロミエツは嬉しそうにうなずいた。

「ぼくの家にだよ？」と言ってアヴォーチンは彼の肩をゆすった。

コロミエツはうなずいた。「あいつの顔も連れていこうか？」

コロミエツはうなずいた。

「綿でくるんで？　それから？」

コロミエツはうなずき、いたずらっぽくアヴォーチンにウインクをすると、こうつぶやいた。

「でもね、彼女のアレを嗅いでみるといいよ。こいつがたまらなく甘い匂いがするんだ、セリョージェンカ」

アヴォーチンは拳を固め、コロミエツの美しい顔にがつんとそれをぶちかました。コロミエツはその毛むくじゃらな拳にキスをすると、からからと笑いだした。

シーズンの始まり

Открытие сезона

セルゲイは、沼地をうねうねと這う、辛うじて見分けがつくほどの細道に足を踏み入れたが、クジマ・エゴールイチは注意をうながすように彼の肩を止めた。

「だめだよ、セリョージ、ここは通らないほうがいい」

「どうしてです？」セルゲイが振り返って訊ねた。

狩猟官は、顔にまといつくアブを払いながら、のんびりした口調で答えた。

「一昨日《おとつい》の大雨のせいで、今日はかなりぬかるんでいる。あのパーニンスカヤの低地あたりはあんただとたぶん腰まで水につかるし、わしだったらまあ胸までだな。だから、回り道していこう」

「伐採地を通ってくってことですか？」

「なあに、一露里ちょっとの回り道じゃないか。アスファルト道のほうが早いさ」

「仕方ない、そうしましょう。ここはあなたのほうが明るいですからね」とセルゲイは振り返って言った。

「そのとおり」狩猟官は瞼《まぶた》までずり落ちた帽子を直しながらかすかに笑いだした。「ここのことなら何もかもお見通しさ。何せ、五十年もこの辺りを歩き回っているのだからね」

「きっと、木の一本一本まで知ってるんでしょうね」

「知ってるさ、知ってるとも……」狩猟官はため息をついてから、セルゲイの前を歩き出した。

沼地のそばに茂る林の木立がとぎれ、若い白樺林に変わった。

そこは土も乾き、生い茂る黄色い草が腰まで伸び、足もとでさくさくと柔らかい音を立てていた。

狩猟官が歩きながらタバコに火をつけると、前かがみになった綿入りジャンパーの背中の向こうから甘みのある青い煙がただよい出した。

セルゲイはポケットに手をつっこみ、空になった〈ジャワ〉の箱を取りだしてぎゅっと握りつぶして、ぽいと草地に投げ捨てた。軽やかな風が白樺の葉にかさかさとざわめき、箒草を揺らめかせていた。

セルゲイは歩きながら草を引きぬき、口のなかに差し込んで、うしろを振り返った。背後に残っている沼地の上には軽いもやがかかり、二羽のトビがぴいぴいと声を上げながら薄いピンクの混じった黄色い煙のなかを弧を描くように舞っていた。

白樺林が途切れ、クジマ・エゴールイチは右に進路をとりはじめた。二人は小さな草原を横切り、地面に食い込んだ丸石の塊を迂回して、エゾマツの林に入った。

セルゲイは口の中の草を引きぬき、若いエゾマツの木をめがけて放りなげた。草は乳色を帯びた緑の針葉の間に消えた。

道は広がり、黒みを帯びはじめた。

狩猟官はセルゲイのほうを振り向き、肩からズレ落ちそうになっている銃のベルトを直した。

「ここには一度も来たことがないのかね？」

「ええ、エゴールイチ。一度もないんです」

「静かな場所だろうが……」足下を見つめながら、狩猟官は並んで歩き出した。

「立派なエゾマツですね。すらりとして」

「そうとも。ここらへんのエゾマツはそりゃみごとなもんさ」

「それにびっしり茂っている」セルゲイはあたりを見やりながら、つぶやくように言った。

「きっとライチョウの類もたくさんいるんだろうな……」

「キバシオオライチョウはたしかにいたね。沼があって、しかも木の実があるとくりゃ、そりゃ、集まってくるさ。ところがその後、どういうわけか、急に姿が見えなくなった。なぜなのか、このわしにも合点がいかん。でも、エゾライチョウのほうは、しこたまいるぞ。囮笛《おとりぶえ》をめがけて、それこそ群をなしてやってくる。そうなったらもう、打ち放題さ」

「キバシオオライチョウはどうしていなくなってしまったんですかね？」セルゲイは訊ねた。

「そいつはこっちが聞きたいくらいさ」狩猟官は顎の髭を噛みながら、目を細めた。「どうしてか分からない。だれも狩りをするものがいないらしくて、まったく寂しいくらいさ。分かっているのは、キバシオオライチョウってのはじつに気まぐれな鳥だってことさ。神経がやたら細くってね。エゾライチョウやクロライチョウなんぞ、くそ食らえ。どこでだって生きられるんだから。ところが、この……」

セルゲイは上空を見上げた。

両側の高いエゾマツの林が道の上で一つに重なり、太陽の日差しが林の枝をとおしてかすかに射し込んでいた。足下の地面は柔らかく乾いていた。

「エゴールイチ、で、このあたりにはコロプカの他に村はなかったのですか？」

狩猟官は首を横に振った。

「あったとも！　村が三つあった。うち二つはほんとうにちっぽけな村でね、残りの一つには四十軒ほどあった」

「で、今はどうなっているんですか」

「そう、家という家が離散しちまった。老人たちも死んじまった。若者は町に行きたがるしな。戸に釘を打ちつけた農家が立ってるよ。ぼろぼろに腐っているがね」

「ここからだいぶありますか？」

「五露里ほど行ったところに一つあるが、今言ったちっぽけなやつはその先だな」

「ふうん。そいつは一つ見物したいものですね」

「そうだな。ともかく出かけよう。イラクサが窓を突き抜けて生えているのが見られるさ」

セルゲイは首を横にふり、銃を持ち直しながら言った。

「いや、ひどいもんだね」

「そうともさ。何もいいことなんかありゃしない。ああいう家を見るとへどが出そうになる。どいつもこいつも同じような骨組で、エゾマツの丸太でできてるんだ。あれはもう運び出すしかないんだが……」

「それじゃ、人手がないんですね？」

狩猟官は手を振った。

「ああ……あんなもの、だれがかまいたがるもんか。みんな怠けぐせがついちまったからな……」

「いや、そんなことないですよ。今日だって、製材所でのあなたの仲間の働きようといったら」

「なに、そんなに一生懸命働いとるだと？」クジマ・エゴールイチは驚いたように声をあげた。

「ってことはなに、あなたの言い分だと、ろくに働きもしてこなかったということですか？」

狩猟官はまた片手を振った。

「あんなに働いちゃいないさ。戦前おれたちがほんとうにそんなふうに働いたかって？時間なんて頭になかったね。おれたち、森から一歩も出なかったし、家のことなんぞほっぽらかしさ。だから死んだ女房は、刈り入れだ、刈り入れだ、とのべつまくなしがなり立ててたもんだ。で、おれたちときたら、それ再チェックだの、それ採集だの、それ植えつけだの、とそればっかりでね！　一人残って刈り入れするころにゃ、他の連中はみな仕事を終えて、お茶を飲んでたもんだ」

セルゲイは微笑みながら狩猟官のほうを見やった。

狩猟官は節くれ立った両手で前をかき分けながら、大股で進んでいった。

「で、戦争中はどうだったかって？　だれの役にも立たぬ十軒の農家がそれこそ五露里内に建ってることを百姓が知ったら、翌日にゃ取り壊してさっさと丸太を運び去ったがね！ところが今じゃ、全部が全部朽ちるにまかせろって始末で、見てるだけで吐き気がしてくる……」そう言うなり彼は黙り込み、防寒帽を直した。

エゾマツの林はまばらになり、太陽の光が枝葉をとおして路上に落ち、灰色がかった幹のうえをすばやく移っていった。

「あそこを曲がれば、もう目と鼻の先さ」そう言って狩猟官は手を振った。二人は脇道に折れ、灌木が生い茂る小道を歩き出した。前方から不意にざわめきが聞こえ、重い翼をばたばたさせて、幹と幹の間から飛び去ろうとするライチョウたちの姿が見えた。

狩猟官は足を止めて、鳥の群を目で追った。

「ほらいただろう。生まれたばかりの雛さ……、まるきり消えたってわけじゃなかった、つまり……」

二人は遠ざかっていく鳥たちに聞き入りながらしばしそこに立っていた。

「なんて元気なんだろう」

「そうとも。秋が来る頃にゃ、親と雛の区別もつかなくなる……ほら、急に音がしてきた……」

クジマ・エゴールイチは用心深く進んでいくと、目をきょろつかせてかがみ込んだ。

「見るんだ、セリョーシ」

セルゲイは近づいて、うずくまった。

枝葉を散らした地面には、ライチョウたちの糞がちらばり、そこかしこに滑らかな窪みが見えた。

「ちゃんと生きてる……」クジマ・エゴールイチはそう言って笑うと、芋虫のような乾いた糞を手のひらにとり、つぶして捨てた。「こいつら、よそに行ってしまわねといいんだがな……」

セルゲイはその通りとばかりにうなずいた。

エゾマツの林の向こうには大きな草地が広がっていた。

草は刈りとられ、三本の樫の木が身を寄せ合いながら草地のまんなかにひっそりと立っていた。大きな干し草の山が遠くの隅に見えた。狩猟官はこめかみを掻いて、見回した。

「これでやっと抜けた。これから半露里も行けば、空き地に出る……」

セルゲイは顔についた蜘蛛の巣を払った。

「てことは、ぼくたち右から迂回したことになりますね？」

「そうだ」

「早いもんですね。ぼくは空き地を通りたかったな」

狩猟官はにやりと笑った。

「こっちのほうが近道なのさ」

セルゲイはかぶりを振った。

「あなたはガイドの仕事にでもついたらいい。エゴールイチ！」

「その通りさ……」

二人は草原を横切り、鬱蒼とおい茂る混合林に入った。

クジマ・エゴールイチは地面に落ちた枯れ枝をがさがさいわせ、しなやかなハシバミの枝を両手でかき分けたり、押さえたりしながら、いかにも自信ありげな足どりで前へ進んでいった。グレーの防寒着にはたちまち蜘蛛の巣がはりつき、乾いた枝が襟にからみついた。

「エゴールイチ、このあたり、キノコがたくさんとれそうですね？」セルゲイは狩猟官の綿入りの背中に向かってつぶやいた。

「年によるさ」

「今年の夏はどうでした?」

「まあまあだったな。マリヤがバケツに三杯も採ってきて、塩づけにしたがね」

左手の灌木の茂みから、雷に切り裂かれた樫の木が姿を現した。縦に真二つに割れた幹が暗い緑色のなかに白く浮き出していた。

「見てください、ほら」セルゲイは頷いて言った。

「なるほど。とても一人で立っているとは見えんな」

「ほら、あっちにも同じのがある。あれもきっと雷に打たれて……」

「つまり、神様はお見通しってことよ」

セルゲイは大声で笑いだした。

「何がおかしい? あれは五八年のことだ、わしら干し草の山から四人して帰る途中だった。みんな、熊手とか鎌を肩にかついでいたが、一人の女は何ももたず、カーシャ用の空の壺を抱いて歩いていた。ところが雷はだな、その女を襲ったのさ。金属類をもっていなかったのに、背丈が少し低かったせいだな。つまり、神様は彼女に罰を与えることにしたってわけ……」

た。

「たんなる偶然ですよ」セルゲイはつぶやくように言った。

「いや、偶然なんてあるもんか」自信ありげに狩猟官が彼をさえぎった。

森が切れ、幹と幹の間から太陽の光が燦々と満ちあふれる帯状の広い空き地が姿を現し

クジマ・エゴールイチはセルゲイのほうを振り向いて、指を立てた。

「さあ、静かにするんだ。声を聞かれたら、万事休すだぞ」

「どう行きましょうか？」肩の銃を下ろしながら、セルゲイがつぶやくように言った。

「ほら、あそこに見える茂みに沿って渡っていこう」

狩猟官は肩から二連銃を外し、撃鉄を起こすと床尾を脇の下に押し込み、銃身を下げてから、空き地を歩き出した。セルゲイは少しして動き出した。空き地は広漠としていた。いくつものどっしりした切り株は、茂みやシダの繁茂を助け、丈の高い草が空き地全体に壁のように茂っていた。狩猟官は用心深く切り株を避け、倒されたいくつもの幹を飛び越えていった。空き地の真ん中で、狩猟官の足下からクロライチョウが重たげに飛び立っていった。クジマ・エゴールイチは、その後を目で追いながら、陽気な声で悪態をつき、さらに先へと歩き出した。空き地の縁に近づいたとき、彼は口を閉ざしたままセルゲイに一本の高いエゾマツの木を示した。セルゲイは頷くと、銃を地面に下ろし、リュックサック

からロープとカセット用の小さなテープレコーダーを取りだした。彼はロープに石を結わえ、それを大きく振り回してから、生い茂る枝のなかへ放りあげた。石は一度に三本の太い枝をすり抜けてロープを地面に投げおとし、セルゲイの頭のそばでぶらんぶらんと揺れはじめた。セルゲイはすばやくそれをつかむと、ロープをほどき、今度はロープにテープレコーダーを結わえはじめた。それが終わると、彼はキーを押し、ロープのもう一方の端を引っ張った。テープレコーダーは、ヴィソツキーのしゃがれ声を流しながら上に向かってするすると昇りはじめた。ピンと張ったロープの端でぶらぶら揺れているテープレコーダーが上に昇れば昇るほど、ギターのリズミックな響きと心にしみる張り裂けんばかりの声はますます甲高く、鎮まりかえった秋の森に響きわたった。

〈墓場はひっそりと静まり返り、どこにも人影はない。墓場はどれも文化的で、上品そのもの、まれなるこの世の天国！〉——テープレコーダーはこんもりと茂る枝のなかに消え、いったん止んだかと思うとまた歌い出した。

〈一番野郎は、甘いハルヴァ（クルミ入りのお菓子）を、リガ・ビールを、ケルチの鰊《にしん》を買いこみ、ベールイ・ストルブイの兄弟のところに出かけていった。イカれた男どもに会いに出かけていった……〉

セルゲイは急いでロープをエゾマツの幹に巻きつけ、銃を拾いあげると、大きな指で安全装置の槓杆《こうかん》を起こしてうずくまった。

〈ところがイカれた男どもにも人生はある、だれだって生きたい、眠たければ、眠れ、歌いたければ、歌え！〉エゾマツの茂みから歌が聞こえてきた。

狩猟官は体を固くして森の奥を見つめていた。

テープレコーダーはイカれた男たちの歌を終えると、次に、銃を撃たなかった男の歌を流しはじめた。

狩猟官とセルゲイはそのまま身動きせずに待ちかまえていた。

空き地の上空を二羽のカモが飛びすぎていった。

森のこだまに言葉は甲高くもつれ合い、跳ね返って戻ってきた。

セルゲイは体勢を整えるために跪いた。

〈ドイツの狙撃兵がおれを撃ち、撃たなかったおれを撃ち殺した〉ヴィソツキーはそう歌うと、そのまま黙りこんだ。

エゾマツの茂みから、聴衆と語りあう彼のくぐもった声と、それにつづいて聴衆の笑い声がぱらぱらと聞こえてきた。

狩猟官はさらに前傾姿勢をつよめ、急に手をふって銃を指し示した。ヴィソツキーはおもむろにギターの調弦を行っている。セルゲイは木立の間にずんぐりした人影をみとめ、銃の照準板にそれをとらえた。

「どうした？　どうしたっていうんだ？」灌木の向こうに身を隠しながら、狩猟官は必死な調子でつぶやきだした。「遠すぎる！　もっと引きつけろ。かすり傷だけで、逃げられるぞ！」

セルゲイはからからに乾いた唇をなめまわし、銃身を下ろした。

ヴィソツキーはギターの弦をはげしく叩いた。

〈入り江はもうない、樫の木は跡かたもなく消えた、樫の木は寄せ木に役立つ、なのにそいつがない！　農家から頑健な男どもが出てきて、樫の木を一つ残らず切り倒し、棺桶にしちまった！〉ずんぐりした小柄の男が枯れ枝をがさごそいわせながらエゾマツに駆け寄ってくる。

セルゲイは銃を持ちあげ、汗でぬれた両手のふるえを抑えながら照準を合わせ、二連発銃を同時に発射させた。

ズドーンという銃声が、針葉樹の木立から聞こえてくる歌をかき消した。

暗い人影はどさりと倒れ、起きあがろうともがきだした。セルゲイがせわしなく弾を込めているあいだ、狩猟官は茂みから身を起こし、自分のトルコ銃を二発ぶっ放した。

身動きは止まった。

〈悲しみよお、鎮まあれ、鎮まあれ、おれの胸のなあかで！　こいつはまだ前置きにすぎねえ、おとおぎ話は先のこおと！〉ヴィソツキーは歌詞を長く引きのばしながら歌っていた。硝煙の向こうをのぞき込みながら、セルゲイはまた銃を構えたが、狩猟官が手をふって制止した。

「もういい、死人にぶっ放したって弾の無駄だ。ひとつ見物とまいろう……」

二人は銃を構えたままそろそろと近づいていった。

男は三十メートルほど先のところに両手を大の字に広げ、小さな蟻塚に頭を突っ込んだまま転がっていた。

狩猟官が先に近づき、動かなくなった男の脇腹を長靴でつついた。死体は動かなかった。

セルゲイは靴で血だらけの頭をこつこつと叩いた。頭はすなおにごろっと横を向き、頬まで伸びた髭の生えた耳をさらけだした。興奮した蟻たちが耳の上を這っていた。

セルゲイは銃を脇に置くと、腰につるした革のケースからすばやくナイフを引き抜いた。

狩猟官は死体の片方の手をつかむと、仰向けにひっくり返した。

顔は血にまみれ、貼りついた蟻たちがそのなかを蠢いていた。防寒着の胸元が大きく開かれ、むきだしになった胸に血塗れの散弾の跡がのぞいている。

セルゲイは、男の褐色の乳首に力いっぱいナイフを突き立てると、背筋を伸ばし、汗でぐっしょり濡れた額を手の甲でぬぐった。

死体の口から真っ赤な血がほとばしり出てきた。

「健康体だな」狩猟官は笑いながらつぶやき、ポケットから折り畳み式のナイフを取りだすと、巧妙な手さばきで死体の上着を切り裂いていった。セルゲイは殺された男を無言のまましげしげと見やっていた。

〈そこにゃ冗談ぬきに猫もいる、右行きゃ歌うたい、左に行きゃ一口話を持ち出し……〉

「脱がそう、セルジュ」狩猟官は顔を上げた。

セルゲイはうなずいてエゾマツのほうに歩き出した。

「ほら、命中したのはここだ。穴があいてる……」血まみれになった死体の腹部をはだかにしながら、狩猟官はつぶやくように言った。セルゲイはエゾマツの木に近づくと、ロープをほどき、注意ぶかくテープレコーダーを下ろしにかかった。

〈こいつは、まだ前置きにすぎねえ、おおとぎ話は先のこおと！〉と歌い終えたところで、パチンというスイッチの音に断ち切られ、そのままヴィソツキーは黙り込んだ。

セルゲイはロープを巻き戻すと、テープレコーダーと一緒にリュックサックにしまい込んだ。その間、狩猟官は巧みに頭部を切り落とし、靴で転がすと、深く息を吸い込みながら、大きく背伸びをした。

「血を出しきってから、さばきにかかるか……」

セルゲイが戻ってきて死体の前にうずくまった。

「あっというまでしたね、エゴールイチ。ほんとうに信じられないくらい……」

「倒したのはあんたで、とどめをさしたのはこのおれ！」狩猟官はそう言って笑い出した。

「ってことは、わしもまだおいぼれちゃいないってわけだ」

「立派です」

「あん畜生、ど真ん中から出てきやがった」

「運が悪かったってことですよ」

「でも、あんた、よく仕留めたよ！　腹わたぜんぶばらしちまった！」

「あなたのはきっと頭に命中したんですね……」

「なるほど。おれのはたしかに上のほうに当たってる……こいつを向こうにどかして、蟻を払わないとな、でないと蟻だらけになるぞ」

「あの樫の木のほうに引きずっていきましょう……」

二人は死体の両足をつかんで引きずりはじめた。

頭部は蟻塚のそばに転がったままだった。狩猟官は戻ってくると、その耳をつかんで樫の木のところに運んでいった。

首からは血が流れていた。

セルゲイはコニャックの入った水筒を取りだし、口のみしてから、クジマ・エゴールイチに手渡した。

クジマはべとついた指をズボンでこすり、用心深く水筒を受けとると、少しだけ口にした。

「きついな……」

セルゲイは死体をしげしげと見やっていた。

「でかいほうの部類ですね。肩もほらこんなに厚みがある」

狩猟官はまたコニャックを口に含んでから、水筒を彼に戻した。

「頑健そのものさ……まあ、いい、さてとさばきにかかるかい……」

彼は手ばやく腹部を開いて心臓を切りとり、紫色の腸を脇に寄せて、肝臓を切りとりはじめた。

「ここに命中したんだな……」

セルゲイはにやりと微笑むと、顔を上げて上を見た。

かすかに見えるトビが翼を弱々しく動かしながら森の上空をゆっくりと舞っていた。

「これで肝《きも》を火にかけられるな」狩猟官は腸をほじくりながらつぶやいた。

「そうですね」セルゲイは答えた。「炭火にかけてね」

「そう、鉄棒に載せりゃいい。そう、新鮮な生肉ってのはじつにうまくてね……」

「わかってますよ」セルゲイはそう言って微笑み、もう一度水筒を口元に寄せた。「さあ、初猟を祝って、エゴールイチ」

「初猟おめでとう、セリョージュ」

弔辞

Поминальное слово

セリョージャとオーリャは辛うじて時間に間に合った。ニコライ・エルミーロフの親族、友人、同僚ら三〇人ほどが、墓地の表参道の入り口に集まり、バスを待っていた。

雨が止んだばかりで、あたりはじめじめしていた。

薄汚れた黄色い石造りの門を通りぬけるとき、セリョージャはすでに遠くから、親戚に囲まれ、群集の隅に立っているエルミーロフの姿をみとめた。幼いマーシェンカが父親の手を握ったまま、動かずにじっと彼の足元に身を寄せている。ソフィア・アレクセーエヴナはもう一人の娘と抱き合って立っていた。一五歳になるカーチャだった。

吸い殻やら、他のいろんなゴミが散乱している小さな広場を通りぬけ、セリョージャとオーリャは群集の近くまでやってきた。

最初にオーリャがエルミーロフに歩みより、その青白い落ち窪んだ頬に二度口づけしてつぶやいた。

「ああ、なんということに……」

パリパリ音を立てるセロファン紙にくるんだ白いグラジオラスの花束を膝に落とすと、セリョージャはソフィア・アレクセーエヴナに近づき、彼女のだらんとして痩せた手をぎこちなく握り、口づけをした。すると、イリヤ・フョードロヴィチが自分から彼のほうにつかつかと歩み寄ってきて、小声でつぶやきながら彼を抱き寄せた。

「こんにちわ、セリョージャ」

ニーナ・チモフェーエヴナがそばにやってきて、涙で息をつまらせながらオーリャを抱き、キスしはじめた。セリョージャがエルミーロフに歩みよった。二人は抱き合った。

「間に合わないんじゃないか、と心配してました」エルミーロフはやっとの思いでそれだけ言った。

「電報を受け取ったのが、深夜だったもので」眼鏡を直し、エルミーロフのやつれた顔を見つめながら、セリョージャは小声で早口に答えた。

黒い目をしたマーシェンカは、父親の手を握ったまま、セリョージャを驚いたような目でしげしげと見つめていた。花束が落ちないように軽く押さえながら、セリョージャは彼女のほうにかがみ込み、その小さな肩を胸元に抱き寄せた。

「こんにちわ、マーシェンカ。おじちゃんのこと覚えてるかい？」

父親にぴったりと体を預けたまま、娘は何も答えなかった。

「セリョージャおじちゃんだよ、覚えている？」マーシェンカの頭を撫でながら、エルミーロフが尋ねた。

「覚えてる……」娘は小声で返事した。

ピスクノーフ、ロークチェフ、ヴィクトル・ステパーノヴィチ、サーシャ・アレクセーエフスキーとユーリア夫妻が近づいてきた。オーリャとセリョージャは互いに挨拶を交わし、差し出された手を何も言わず握りしめた。後ろから弱々しい車の音が聞こえ、楽員たちを乗せた白いバスがゆっくりと門の中に入ってきた。バスは参列者のそばまでくると停車し、両開きになったドアから、楽員たちが各自楽器を携えてゆっくりと降りはじめた。

イリヤ・フョードロヴィチがそばに立っている男たちに一つ頷いてみせた。

「じゃあ、行こうか……」

彼らが後ろからバスに近づいていくと、運転手は運転席を降りてトランクを開け、ガーゼにくるまった花輪を取りだすのを手伝いだした。

花輪は三つあった。

ユーリアがそばに寄って花輪のガーゼを外しにかかった。楽員たちはその間、少し離れた場所に小さくかたまってたたずみ、年配で禿頭の団長が、まっさらな銀製のトランペットを手に下げたまま、もう一方の手で身振り手振りを交えながら、イリヤ・フョードロヴィチと何ごとか交渉していた。

オーリャはセリョージャのそばに寄って、ずり落ちた花束のセロファンを直しはじめた。

「どうしてマーシェンカを連れてきたのかしらね……まだ子どもなのに……」

セリョージャは何も言わず肩をすくめた。

そのうち花輪の用意も整い、バスが霊園の敷地を出て、垣根の向こうの道端に停まった。イリヤ・フョードロヴィチが頷くと、六人の男たちが花輪を抱え、霊園の奥につづく参道をゆっくりと歩きだした。群集がその後からぞろぞろと動きだした。後方で列を整えた楽員たちが楽器を高く差しあげると、ショパンの葬送行進曲の最初の数小節が、雨に洗われた墓地に鳴り響いていった。そこは古くて大きな霊園で、太くて高い菩提樹やポプラの木々がそこここに生い茂り、広く枝を張ったそれらの梢が参列者の頭上でしずかにざわめいていた。

まばらな滴が上から落ちてきた。

滴の一つがセリョージャの頬をすべっていった。彼は手で頬をぬぐった。オーリャは悲痛な面持ちで、うなだれたまま彼の隣を歩いていった。先頭を行くのは、エルミーロフの家族だった。ソフィア・アレクセーエヴナが彼の右手を握り、マーシェンカが左手を抱きしめて、ぴったりと離れずに歩いていた。

カーチャと祖母がわずかに遅れて続いた。

参道はどこまでも続いていたが、まわりは墓また墓だった。新しいのや古いの、手入れの行き届いたもの、うち棄てられたもの、十字架や花崗岩の台座のついたもの、囲いをめぐらしたもの、そうでないもの、いろいろだった。

セリョージャは歩きながら、右手に流れていく十字架や墓標に時々目をやった。いろんな銘を刻んだそれらの墓石は雨の滴をぐっしょりまとっていた。

ひんやりした空気のなかをラッパの響きが高らかに鳴り渡っていた。

女たちのむせび泣く声が聞こえていた。

参道が右に折れた。葬列はこぢんまりした遺体安置所の脇を通りすぎ、さらに先に進んでいった。

やがて、前方の墓の間に、何人かの人影と、掘りあげたばかりの土を積み上げた小さな山が現れた。行列はさらに近づいてから、ようやく立ち止まった。楽隊は演奏を止めた。

用意の整った墓穴のまわりに、ズックの汚れたジャンパーとズボンをはいた六人の墓掘人夫がいた。彼らのシャベルは一まとめにされ、隣りの囲いに立てかけられていた。

彼らの班長で、日焼けした皺だらけの顔の、背の低いずんぐりした男が、イリヤ・フョードロヴィチのそばに寄ってきて、何事か小声で彼に話しかけた。イリヤ・フョードロヴィチはそれに黙って頷いた。

花輪を運んできた男たちは、所在なげな様子でそこに突っ立っていた。

イリヤ・フョードロヴィチが脇にどくようにと彼らに言うと、男たちはそこを離れた。

班長は仲間たちのところに戻っていった。彼らのうちの四人がすぐ脇を通って少し離れた所に行き、四つの取っ手をつかんで長い木の箱を持ち上げると、墓穴のほうへ運びだした。

ソフィア・アレクセーエヴナは、エルミーロフを抱き寄せると、声をあげて泣き出した。カーチャは二人に近づき、これまた泣き出した。マーシェンカも泣き出した。彼女の弱々しい泣き声は嗚咽するたびに途切れた。

ニーナ・チモフェーエヴナはハンカチに顔をうずめ、嗚咽に身を震わしていた。

調子はずれの声でイリヤ・チモフェーエヴィチが立っている参列者に呼びかけた。

「皆さん、ここで最後のお別れをしましょう」

参列者の群れがエルミーロフを囲んだ。

二人の娘、妻、そして他の女性たちの泣き声が一つに溶け合った。妻のソフィア・アレクセーエヴナは、エルミーロフの胸のうえで泣きながら、狂ったように繰り返していた。

「コーレンカ……コーリャ……」

セリョージャは参会者の群れをかき分けてエルミーロフのもとに近づいていった。泣いているオーリャが彼の後を追っていった。

その間、墓掘り人夫たちは木箱を開け、そこからカービン銃を取り出しはじめた。班長は、先のとがった弾を六発ポケットから取りだし、それを仲間たちに配った。

墓掘り人夫たちはカービン銃に弾を込めはじめた。かちかちという遊底の鈍い音が参列者の慟哭やら嗚咽と一つにまじりあった。

エルミーロフは参列者全員となんとか抱き交わしていったが、妻と二人の娘は彼にすがりついたまま片時も離れようとしなかった。セリョージャは参列者の群れをかきわけてようやくエルミーロフのそばまでたどり着き、彼の涙に濡れた頬に口づけた。

「だめよ……コーリャ……行っちゃだめ……行かないで」エルミーロフの胸でソフィア・アレクセーエヴナがすすり泣いていた。

イリヤ・フョードロヴィチがなんとか彼女をなだめようとしていた。

彼の唇はふるえ、ひっきりなしに瞬きしていた。

墓掘り人夫たちは、カービン銃の銃身を縦に携えたまま、墓穴から四メートルほどのところで二列横隊を組んだ。班長はいぶかしげにイリヤ・フョードロヴィチを見やった。

イリヤはエルミーロフの肩を抱きかかえた。

「そろそろだな、コーリャ……」

「だめよ……コーリャ……だめ……やめて……」エルミーロフの胸で妻のソフィアはすすり泣いていた。

娘たちは大声で泣きじゃくっていた。

「ソーニャ、ソーニャ」イリヤ・フョードロヴィチは彼女を鎮めようとした。

「いやよ！　いやよ！　いやよ！」ソフィアは叫び出した。

ピスクーノフ、エリザヴェータ・ペトローヴナ、そしてナージャが夫から彼女を引き離そうとした。

「いやよ！　コーレンカ！　いや！」

「ソーニャ……ソーニャ……」イリヤ・フョードロヴィチが彼女の肩を押さえた。

「ソーネチカ……ソーネチカ……」エルミーロフは彼女に口づけながら泣いていた。

「パパ！　パパ！　パパ！」娘たちは声をあげて泣き叫んだ。

エリザヴェータ・ペトローヴナがマーシェンカの両手をつかみ、胸元に押し付けた。娘は父親の名を呼び、泣きながら身をもぎ離そうとしていた。

ニーナ・チモフェーエヴナは、でっぷり太った体をぶるぶる震わせながら、その胸元にカーチャを抱きとめた。

なかなか道を開けようとしない参列者の群れをぬって、エルミーロフはよろけながら墓穴のほうに歩いていった。彼は新調した褐色のスーツを着込んでいた。

「離れてください、皆さん」班長が一つ頷くと、参列者は後ろに引き下がり出した。

「いやよ！　いや！　コーレンカ！」ソフィア・アレクセーエヴナは、身を振りほどこうとしながら泣き叫んでいた。

女たちは泣いていた。

エルミーロフは墓穴のそばまでやってきた。

班長は彼にこんもりした土の山を指さした。てっぺんをきれいに均したその盛り土は、墓掘り人夫が、墓穴の縁に積み上げたものだった。

下ろしたての靴をはいた足を柔らかい土にとられながら、エルミーロフは盛り土に登ると、二列横隊に並んだ墓掘り人夫たちを前に、墓穴を背にして跪いた。

隊列の一番端に立っていた班長が号令をかけた。

墓掘り人夫たちはそれぞれエルミーロフに狙いを定めた。背の高さがまちまちな彼らは、銹止めを施した銃身をそれぞれの高さに固定した。

前かがみに跪いているエルミーロフは、体にそって弱々しげに両手を這わせた。低く垂れた彼の頭は、明らかに震えているようだった。

「用意……」班長が号令をかけると、ばらばらな一斉射撃は参列者の耳をつんざき、盛り土のエルミーロフを払い落とした。

ニコライ・エルミーロフの体がどすんと鈍い音を立て、墓穴の底に落ちるのが聞こえた。青みがかった硝煙が盛り土の上にたなびいていた。

火薬の焼けた匂いが漂いだした。

墓掘り人夫たちは、薬莢を取りだすため、遊底をガチリとスライドさせた。

参列者の群れからふたたび慟哭やら嗚咽が聞こえてきた。

カービン銃を木箱に戻した墓掘り人夫たちは、スコップを手にとって、墓穴に歩み寄った。

「親族の方々は土をおかけください」班長が参列者の全員に呼びかけた。

最初に兄のイリヤ・フョードロヴィチがゆっくりと歩みより、土を一つかみすくいとって、投げかけた。その顔は涙に泣き濡れていた。

彼につづいてピスクーノフとナージャが、すすり泣いているソフィア・アレクセーエヴナに付き添った。彼女は、まるで麻痺したように動かない手で土をつかむと、墓穴に投げ入れた。

カーチャを連れたニーナ・チモフェーエヴナ、マーシェンカを腕に抱いたエリザヴェータ・ペトローヴナ、ローホフ、スレズネフ夫妻、ヴィクトル・ステパーノヴィチ、コゾロフスキー夫妻、シートニコフ夫妻、ガーリャ・プローホヴナと、参列者全員が次々と墓穴に近づいていった。

オーリャとセリョージャもそばに寄った。

墓穴の端から一握りの土を投げ入れる瞬間、セリョージャはエルミーロフの両足を見ることができた。

墓掘り人夫たちはシャベルを手にとると、墓穴に手際よく土を投げ込みにかかった。

故人の自宅で通夜が行われた。

二つのテーブルを一つに合わせ、そのまわりに二〇人ほどが腰かけていた。

席から軽く腰をあげた兄のイリヤ・フョードロヴィチは、しばらく口をつぐんだまま、真っすぐ前を見つめていたが、やがて挨拶をはじめた。

「皆さん、いま何かお話することは、私にはとてもつらいことです……私はコーリャよりも六歳年上ですが、こうして、兄の私が弟の葬式を出すことになるなど、思ってもみませんでした……私たちは一緒に育ちました。仲のよい家族で、親の教育は、率直に申しますと、いわゆるスパルタ方式でした。男のなかの男になるためだ、といつも父は申していたものです。そしてそれは間違っていませんでした。コーリャはまことの戦士に、まことの人間に育ちました。人間の名に価する人間に成長しました……この場には、親族、そしてコーリャの同僚の方々、地球物理学者という易からぬ仕事仲間の方々にお集まりいただきましたが、私たちはみな、弟がどんな時でも誠実で、善良な人間であったことを知っています。彼はどんな時も頼りになる人間でした……ですが、この場をお借りして皆さんに申し上げたいことは、コーリャのある性格のことです。私は兄として、皆さんよりもそれをよく存じております。ある性格とは率直さ、正直さです。弟はほんの子どもの頃から、何事においても率直で正直で、その後の人生でも、何か含みを残したり、猫をかぶったりするといったようなことは決してありませんでした。弟はそういうことが大嫌いでした。コーリャは、相手がだれだろうと、思ったことは面と向かって言ったものです。そしていまこの場には、コーリャの子どもたちが同席しております。カーチャとマーシャです。とてもすばらしい、大した娘たちであります。そして二人は父親から、そのすばらしい性格を授かりました。正直さという……カーチャ、マーシャ、お前たち二人も、そしてソーニャ、君も、それに私たちみんな、コーリャのとても明るい思い出を、胸のなかに大事にしまっていこうではありませんか。わがいとしい弟よ、君が人々の記憶に永遠にとどまらんことを……」

次は、しばしの中断があった後、ヴィクトル・ピスクーノフが挨拶した。彼はこう語った。

「皆さん、今日はわれわれにとってとてもとても辛い日です。われわれはコーリャを失いました。この損失は取り返しのつかぬ、とても辛いものです。彼がもはや私たちとともにいないということはとても信じがたいことです。コーリャと私の家族は、ほぼ二〇年来のつきあいでした。ともに探検に出かけたこともありますし、最後の最後まで一緒に働いてきました。ですが、私にとってコーリャは、たんなる同僚以上の存在でした。彼はとても大切な親友でした。自分の計画のすべてを、喜びと悲しみのすべてを、公私の別なく、ためらうことなく、私は彼に打ち明けてきました。彼もまた、自分のことを、私に打ち明けてくれました。そしていつも互いに協力しあってきたのです。困難なときは、いつも互いの力になろうとしました。歌にもありますが、友人とは、ともに歌を歌う相手でもなければ、ともに祝杯を分かち合う相手でもありません。まさにそのように、コーリャと私とは、ともに歌を歌ったり、記念日を祝ったりするだけの相手ではなかったのです。この場には、地球物理学者の方々が半数以上を占めています。皆さん、われわれはみな、地球物理学での探検生活がどんなものかを知っています。コーリャと私はシベリア中を探検してまわりました。困難は数知れません。絶体絶命の災難に見舞われたこともあります。それは、われわれの仲間が吹雪のなか遭難したときのことです。そしてそんな状況にあっても、親友コーリャの性格はみごとに発揮されたのでした。彼はあの困難な状況のなかで、動揺一つせず、顔色一つ変えず、真っ先に救援に駆けつけました……私が言いたいのは、コーリャがいつも、自分のことにはお構いなしで、友人のことを心配し、友人のためを思って生きてきたということです。われわれは皆、そのようなコーリャに感謝しています。われわれのだれも、彼の優しさ、誠実さ、情け深さを忘れることはないのです。では、コーリャの死を悼んで……」

一同はそれぞれグラスを掲げて飲み干した。

それからおよそ十分後にセリョージャが挨拶に立った。

「皆さん、今日、こうしてお話するのは、私にとって幾重にも気の重いことです。なぜなら、ニコライ・フョードロヴィチの大の親友で、大学の同級生でもあった私の父が亡くなったのが、つい最近、つい二週間前のことだからです。その時、ニコライ・フョードロヴイチは、ソフィア・アレクセーエヴナと一緒に、飛行機でヴォルゴグラードまで父の葬式に駆けつけてくださいました。父の棺の傍らで、ニコライ・フョードロヴィチがお話くださったことを、私と妻のオーリャ一言一句違わずに記憶しております。その話しぶりは、おそらく誰にもまねのできないものだったでしょう。気どったところがまったくなく、それでいて真心に溢れていました。本当に思い入れたっぷりの言葉でした。ニコライ・フョードロヴィチはあの時、お気に入りの詩の一節を思い起こされ、引用されたのです。逝ける人々を呼び戻すな、彼の明るい世界を蘇らすな、わが欲するところは、その不帰であるゆえ、またも叫ばんことのみ……そして今まさしくその通りに、私たちはニコライ・フョードロヴィチとお別れしようとしています。電報が届いたとき、私たち二人とも、それはそれはとうてい信じられないことでした。私には……ともかくも……今もってとうてい信じられないことです。ニコライ・フョードロヴィチがもう私たちとともにいないなどということは。彼の陽気な声を聞くことができないなどということは……今になってようやく、ニコライ・フョードロヴィチという人間のすべてが理解できるのです。イリヤ・フョードロヴィチがつい先ほど、彼のことを人間の名に価する人間に成長したと申されましたが、まさにその通りです。ニコライ・フョードロヴィチは本当に人間の名に価する人間、まことに人間らしい人間でありました。ですが、私にとって……私とオーリャにとっては、彼はたんなる人間らしい人間だけではなかったのです。彼は偉人でした。要するに……皆さん……とにかく……私はとても興奮しています。二八年間生きてきて、こんなふうに人前でお話するのは初めてのことなのです……しかもニコライ・フョードロヴィチの通夜の席で。偉人という言葉を場違いと思われる方が多いかもしれませんが、勿体をつけて言ったのだとか、気の利いたことを言おうとしただけだなどとはお考えにならないで頂きたい。皆さん。私は心からもう一度この言葉を繰り返します。私とオーリャにとってニコライ・フョードロヴィチは偉人でしたし、これからもそうあるでしょう……そう偉人なのです。たしかに、こんなことを言うと、奇妙に思われるかもしれません。いったいどういうことなんだ、ニコライ・フョードロヴィチは一介の地球物理学者にすぎないし、みなと同じように研究に一生を費やしたが、人並み優れたことは何もしていないじゃないか、と。しかし皆さん、それは彼をきちんと理解していない人にとっての話にすぎません。彼は私とオーリャに新しい世界を開いてくれた人なのです……。

とどのつまりはこういうことです。皆さん、オーリャは……つまり、私とオーリャが結婚したのは、九年前のことです。私は一九で、彼女は一八でした。それぞれの親は、まだ早すぎるとか、世の中のことが分かっていないとか、いろいろと言い聞かせ、なんとか私たちを思い留まらせようとしました。私たちはたしかに世間知らずでした。そのかわり、愛し合っていたのです。そしてその気持ちに誤りはありませんでした……しかし皆さんに真実を申しあげると、たとえ私たちの愛が美しいものであったにせよ、私たちの夫婦生活は最初からつまずきました。というのも、私は生まれつきペニスが未発達だったのです。それはとても小さくて、勃起した状態でも長さは九センチでした。そして細かったのです。これでは私たちの性生活もうまく行くはずがありません。私は妻の処女膜を破ることすらできませんでした。オーリャはそのことでひどく病的なくらい苦しんでいました。ましてや、最初の数ヶ月、夫から一度のオルガスムも与えてもらえなかったのですから。私もひどく苦しみ、挙げ句の果ては、自分のほうまでオルガスムを感じることも、果てることもなくなりました。つまり、射精しなくなったのです。このことが原因で、口論や諍いが起こるようになりました。私と別れようとして、オーリャは離婚を口にしたことも何度かあります……それを思い出すと、今でも胸が痛くなります。もしもその時、ニコライ・フョードロヴィチに出会ってなかったら、その後どうなっていたか、見当もつきません。あの時、探検から戻ってきたばかりの彼は、父のところにお客として来ていました。そうなんです。あの頃、父と彼はよく会っていましたから。父がモスクワに出向いていったり、ニコライ・フョードロヴィチがうちにやってきたり……というわけで、覚えているのですが、私たちみんな一緒に夕食をとり、その後オーリャは寝にいき、父も母も自分の部屋に戻ってしまいました。そこでニコライ・フョードロヴィチが私に言うのです。『バルコニーに出て、一服やろう』私たちはバルコニーに出ました。そこで彼は言いました。『うまくいってないようだね、要するにきみとオーリャのことだが』私は言いました。『どうして分かったんです？』彼は答えました。『第一に、そういうことはすぐに分かるものさ、それに君の父上が話してくれたし』そこで私は一気に、何一つためらうことなく、洗いざらい彼にぶちまけたのでした。そして後になって私は驚きました。『いったい、どういうことなんだ。これまでだれにも一言も話せなかったというのに。なのに、すべてを一気に話しちまうなんて』それを聞いたニコライ・フョードロヴィチは、考え込み、しばらくタバコをくゆらせてから、こう言いました。『さあ、今日のところはもう寝て、明日の朝、話し合おう』そしてこうも言ったのです。『よく、覚えておくんだぞ。希望と意志があれば、人間に立ちはだかるすべては退く、どんな困難もだ』私は寝に行きました。翌朝、家族のみんなが出かけてしまってから、私とニコライ・フョードロヴィチはキッチンでコーヒーを飲んでいました。すると、彼は私にこう言いました。『セリョージャ、意志とは何か、分かるかね』私は答えました。『ええ、まあ』『いや、分かってないな。意志というのはな、それでもってわれわれの全世界が支えられているところのものを言うんだ。人間一人一人もその意志によってのみ支えられてるんだよ。だから、もしも人間が真剣に何かを望んだら、それはすべて実現されるのさ』そして私に言うのです。『セリョージャ、君は男になりたいのか』私は『はい』と答えました。すると彼は言うのです。『ほんとうにか』私は『ほんとうにです』と答えました。そこで彼は私をひたと見つめ、ポケットから一枚の紙切れを取り出したのです。ほら、これがそうです……」

セリョージャは背広の胸ポケットから名刺大の小さな長方形の紙を取り出した。

「『ほら』そう言って彼は私に手渡しました。紙切れの表にはこう書かれていました。ごらんください……ほら、ここです……**若僧を殺《や》れ**……で、裏には……**ケツの穴に風を通せ**……私は彼に尋ねました。『これは何です？』彼は答えました。『これは、君が実行しなければならない二つの条件だ。一つめ、これは君が自分と同年の男を締め殺さなければならない、そして二つめ、私と肛門性交しなければならない、ということさ』その頃、私は、地元のヴォルゴグラード工業大学で学んでいました。そしてこのやりとりの後、いいですか、皆さん、私はもうそのことしか頭になくなったのです。でも、だれにも何も話しませんでした。そしてそれから一週間後、私は同級生のヴィーチャ・ソートニコフを唆し、一緒に湖に出かけたのです。必要なものはすべて持って出かけました。着いたのは夕方でしたので、たき火を焚き、テントを張りました。そしてワインを飲みました。ちょっと付け加えると、ヴィーチャには片思いの女の子がいました。つまり、好きな女の子がいたのですが、彼女は、別の男の子と遊んでいました。そして彼は始終そのことを私に話していました。そしていよいよ寝る時間になって、私は彼が寝入るのを待ち、寝床から這いだすと、あらかじめ用意してあったロープを取りだして彼のそばに忍びより、後ろから襲いかかってロープで絞め殺したのです。そしてその後、そのロープを木の枝に縛りつけ、彼を吊しました。それから、彼の足下に棍棒を放りなげておきましたが、それは、彼が棍棒を木に立てかけておいて、その上に立った状態から飛び下り、首吊り自殺をしたように見せかけるためでした。さて、それから翌朝早く、すべてを投げ出したまま、駅の警察に駆け込み、ヴィーチャが首を吊って自殺したと話しました。そして当然のことながら、恐ろしい騒ぎになり、捜査が始まりましたが、私は彼が始終オーリャ、つまり彼の好きな女の子のことを話していた、死ぬ前の晩は涙まで流していたと話しました。私の家でも、そして大学でも当時上を下への大騒ぎになりました。ほんとうに恐ろしい騒ぎでした。家ではみんながショックを受けていました。というのも、ヴィーチャのことはほんの子どもの頃から知っていたからです。当のオーリャは休学して、エレヴァンの叔母の家に行ってしまいました。二人きりになるとで、ニコライ・フョードロヴィチはというと、わが家に滞在していました。二人きりになると、彼は私に親指を立ててこう言うのです。『よくやった！　これで半人前だ……』そう、確かそう言っていました。『よくやった、これで半人前だ』と。さて、いよいよ帰宅の前日になり、父のモーターボートで一緒にボルガの川下りをするように言われました。浅瀬に出たあたりで、彼は言いました。『モーターを止めるんだ』私はモーターを止めました。そして『ズボンを脱いで体を屈めるんだ』と彼は言いました。私はズボンを脱いで体を屈めました。彼はそうして私の肛門にワセリンを塗り、私と性交したのです。とても痛かったのを覚えてます。それが終わると、彼はこう言いました。『よし、これで一人前だ！　これからはオーリャとも万事うまくやっていける』と。そしてその日の夕方、彼は帰郷したのです。それ以来、私とオーリャは何もかもが実際にうまくいくようになり、すべてが丸く収まりました。つまり、セックスだけに限ったことではなく、じつに……その、すべてが、あるべき方向に……という次第です。さて、みなさん、すでに八年が過ぎていますが、私たちは一緒にやっています。でも、肝心なのは……私のペニスはその後も相変わらずなんですね。ですから、要するに問題はそういうことじゃなくて、ほら、見てみてください……」

話をしている間ずっと両手に握っていた紙切れをテーブルの上に置くと、セリョージャは、すばやくズボンの前を開け、下着を下ろし、シャツをまくり上げて、むき出しになった股の部分を一同にさらした。そこは、まばらな白っぽい金髪に覆われていた。ごく小さな睾丸のうえに、指ぐらいの太さしかない、長さ九センチの勃起した白いペニスが突き立っていた。卵型をしたピンク色の亀頭部には、Eの文字の刺青が入っていた。

一同が沈黙するなか、セリョージャは震える手で、ウオッカの入った自分のグラスを手にとると、こう乾杯の音頭をとった。

「輝ける思い出をあなたに、ニコライ・フョードロヴィチ・エルミーロフ……」

はじめての土曜労働

Первый субботник

「さてと」サラマーチンは敷石に腰を下ろしている作業班のところにやってきて言った。

「俺たちみんな、これから落ち葉かきだぞ」

労働者たちはもぞもぞと腰をあげた。

「ほほう、そりゃおれ好みだよ」

「悪くないぜ、エゴールイチ」

「どうやら、ジンカにうまく取りいったらしいな、やっと楽な仕事を回してくれたぜ……」

「でも、どこの落ち葉かきだい？」

サラマーチンはだぶだぶのズボンから〈ベロモール〉を一箱取りだした。

「門衛所から上のほうさ」

「でも、あそこはかなりあるぜ。半キロ近くはな」

「じゃ、どんな仕事だと思ってた……さあ、みんな、九番に熊手を取りにいくぞ。あそこに熊手も軍手もある。それともだれかに行かせるか、大挙していくのも何だから」

「おれとセリョーガが行くよ」トカチェンコは綿入りの上着をきたジグーノフの肩をぽんと叩いた。「行こうか、セリョーグ？」

「ああ、行こうぜ、もちろんさ……その前に俺にも一服やらせてくれ、エゴールイチ」ジグーノフはタバコの箱に手を伸ばした。

サラマーチンは箱を振ってタバコを一本落としてやると、自分のを口にくわえて、もみほぐした。

「それじゃ、行ってこい。数だけは間違えるな。熊手一四本、それに軍手一四組だぞ。おや、新入りが走ってくる……熊手一五本に軍手が一五組だ」

ミーシカはパイプ材の山をよじ登り、鉄板の上を駆けだした。

「どうした、遅刻か？」サラマーチンはタバコをふかしながら笑みを浮かべた。「さあ、みんな、行くんだ、行くんだ……」

ミーシカはサラマーチンのほうに駆け寄ると、大きな声でため息をついた。

「ふぅ……息が切れた……おはようございます……ワジム・エゴールイチ……」

「おはよう。どうした、目覚ましが鳴らなかったか？」

「いいえ、列車に乗り遅れたんです……ふぅ……かなりの遅刻ですか？」

「いや、たいしたことない」

「おはよう！」ミーシカは労働者たちのほうに向き直った。

「やあ」

「おはよう……」

「どうして遅れた？」

「きっと、昨日の夜、勉強しすぎたんだ、そうだろ、通信教育生？」

「エゴールイチ、さあて、おれたち出かけるとするぜ、ここで油を売っててもしようがねえ」

「先に行っててくれ、後からすぐ行くから……」サラマーチンは手を振った。「ジャンパーのチャックは締めておけ、もう夏じゃねえんだから」

はあはあ息をしているミーシカはチャックを締めはじめた。

サラマーチンは上着の袖を少しずらして、時計を見た。

「八時一五分か。まだ始められんな」

「今日は何の仕事ですか？」

「落ち葉かきだ。門衛所の芝生から始める」

「空気もすがすがしいし……こいつはいいな……」

「そうだよ……さてと……プローホロフがいないな……まあ、いいか。これ以上待ってもむだだし……さあ、でかけよう、ミーシ」

二人は作業班を追って、門衛所のほうに歩きだした。

サラマーチンは一つあくびをすると、煙を吐き出した。

「で、おまえはどうしてそんなきれいな格好してるんだ？　これからパレードに出かけるみたいじゃないか？」

ミーシカは肩をすくめた。

「え、そうですか。何も特別なことはないです」

「でも、わざわざ汚すこともないだろう？　なかなかいいジャンパーじゃないか」

「普段着ですけど」

班長はヤニだらけの大きな歯をむきだして笑い出した。

「なるほどな……つまりはこれが新世代ってわけだ。おれだったら、この手のジャンパーは祭日用にとっておくがね……」

門衛所が近づいてきた。

黒い制服を着た門衛が門を閉めるところだった。

「セミョーヌイチ、おれたちを出してくれ！」サラマーチンは陽気な声で叫んだ。

「回転ドアから出てってくれ。あんたたちの後から閉めるのはもう疲れたよ。さっき、あんたの仲間たちが通っていったばかりだ」

「エゴールイチ！」後ろから声が聞こえてきた。「手伝ってくれ！」

ミーシカと班長は後ろを振り返った。

トカチェンコとジグーノフが熊手と軍手を運んでくるところだった。

「なんだお前ら、もうへばっちまったか？」班長は二人のほうに大股で歩いていった。

ミーシカがジグーノフに近づくと、彼は、軍手の束を無造作に手渡した。

サラマーチンはトカチェンコの肩に扇形に開いた熊手に手を伸ばしたが、トカチェンコはそれをするりとかわした。

「いや、冗談です。エゴールイチ。なに、大したことないです」

「みんなまともなやつか？　ばらばらのはないな？」

「大丈夫です」

「じゃあ、先に行くんだ」

班長はトカチェンコを先に通した。

ぎしぎしいう回転ドアを順番に通り抜けた。

通りでは作業班が待っていた。

「ほほう、トカチェンコのやつ、いちばん新しいのを選んできたな……」

「所帯持ちですからね、察しがいいんです」

トカチェンコは肩から熊手を下ろした。

「さあ、とってってくれ」

ミーシカが軍手を配りだした。

トヴォローゴフは熊手でこんこんとアスファルトを叩いた。

「悪くない……これなら開墾地も耕せる……」

「どこからはじめましょうか、エゴールイチ？」

サラマーチンは辺りを見回すと、手を振って左手の芝生を指示した。

「こっちがおれたちの分だ」

「右側は？」

「あそこはポンプ係が掃除するさ」

「わかりました……」

一面に落ち葉の散った芝生が工場の石塀にそって広がっていた……背丈の低いポプラがでこぼこの列をなして並んでいる。ほとんどの葉を落とした長い枝がかすかに揺れていた。熊手を手にし、軍手をはめた労働者たちが芝生に向かって動きだした。サラマーチンは新しい軍手を結わえている糸を引きちぎった。ミーシカは熊手の柄をアスファルトにこんこんとぶつけて、さらにしっかりとはめ込もうとしていた。

「釘が抜けているんです」

「何だと？　どれ？」班長が彼のほうを振り向いた。

「ほら、ここんところです。熊手を固定するところ……」

「なあに、どうってことないさ……ちょっと貸してみろ」班長はミーシカの熊手をとると、あちらこちらを軽く触れてみた。「しっかりはまっている。釘がなくてもしっかりついているよ。少し軽めにはけば、外れたりしないさ……さあ、行くぞ……」

二人は作業班の後から歩きだした。

ミーシカは笑顔を見せ、肩に熊手を担ぎあげた。

「あの……今日がはじめての土曜労働なんです……」

「はじめてだって？」

「ええ、そうです。ぼくのはじめての土曜労働なんです」

「ほんとうか？」サラマーチンは驚いたように彼を見やった。

「ええ。でも、もちろん、完全にはじめてってわけじゃないです。学校時代に土曜労働がありました……」

「でも、それは別の話だよ。学校じゃ、おまえさんは生徒だったが、ここじゃプロレタリアートだ。つまり、正真正銘の手始めってやつだ！　こいつはいい！」

サラマーチンは笑いだし、前を歩いていく労働者たちに向かって叫んだ。

「おおい、みんな！　ミーシカは今日がはじめての土曜労働だとさ！　どうだい！」

「おめでとう！」

「一本おごれ、ミーシ」

「結構なはなしだね」

「それじゃ、今日はみんなに代わって突貫作業だな」

「こいつは驚きだよ……人さまの最初の土曜労働にかちあうなんて。おれなんて、いつのことだったか、忘れちまった」

サラマーチンはミーシカの肩に手を置いた。

「そうなのか……とにかくこいつは一大事さ。労働組合委員会を通してなんとかお前さんの祝いをやるべきだったな……」

「いや、とんでもない、ワジム・エゴールイチ……」

「いや、そうすべきだった。どうして前もって言ってくれなかった？　これこれしかじかで、はじめての土曜労働です、って……。おーい、みんな！」彼は労働者たちに叫んだ。「ここから始めるんだ！　かきあつめた落ち葉は端に積み上げるんだぞ、ちゃんとな……」

労働者たちは芝生に散って、落ち葉をかきはじめた。

サラマーチンは日の出のまぶしさに目を細め、綿入りの上着からはみ出したマフラーを直した。

「はじめての土曜労働のことはおれも覚えている……」

「ほんとうですか？」

「覚えてるとも。戦争が始まったばかりのことさ。ちょうど一九四一年の七月だった。その年の四月に工場に就職した。お前さんとやはり同じでな。少し若かったかな。通信教育を受けていたんだが、むろん、勉強なんかしなかったさ。勉強どころじゃなかったんだ。でそのうち、土曜労働を実施することが決まった。前線を助けるための資金援助さ。勤務時間が終わると、工場員がこぞって出ていくんだ。勤務時間といったって、一二時間だぞ！　今とはわけがちがう。しかも、まったく別の仕事をやるんだ。意識をもってな。みんな分かっていた。身を粉にして働いたもんだよ。いいか……どのくらい働いたか……今の労働者とはもう比べものにならんくらいさ……」

彼はため息をつくと、作業班に向かってのろのろと歩きだした。

ミーシカは慌ててその後をついていった。

班長はジグーノフの隣りに立つと、体をかがめて錆びた缶詰のカンを拾い上げた。

「見ろ。まったくひどいもんだよ。飲んで、食ったら、そのままポイさ。そんなふうにして暮らしてるんだ……。で、後になって驚くってわけさ。休息に出かけるところがどこにもない、自然はすっかり汚されてしまった、ってな……」

彼は落ち葉の山に空缶を投げすてた。

ミーシカは芝生の端から落ち葉かきにかかった。

作業班は黙々と働いていた。

ジグーノフがいきなり背筋を伸ばして笑みを浮かべ、大きく首を振った。

「おお……ナニが……今にも出そうだ」

彼はぴったりくっついた紺のズボンからいきなり尻を突きだすと、大きな屁を放った。

ソツコーフが背を伸ばして、呆れたように彼のほうを見やり、まったく同じことをやってみせたが、さっきよりは音も短めで弱々しかった。

トカチェンコが細い指をソツコーフに向けた。

「砲撃用意……撃て……」

そしてそそくさと放屁した。

サラスキンとマモントフが熊手にもたれて、ほとんど同時に屁を放った。

トヴォロゴフはよりいっそう深く身をかがめ、はりつめた顔をした。

「そりゃ……そりゃ……そりゃ……」

彼は三度弱々しく屁を放った。

ソフネンコがゴム長靴をはいた片足を持ちあげた。

「では一つ……売国奴たちに向けて……」

しかし、これも弱々しかった。

サラマーチンは呆れた様子で首を横に振った。

「おいおい、おまえら、正気か？　いったいなんてざまだ？　みんないっぺんに？　何のためめに？」

ジグーノフは肩をすくめた。

「ええっ？　何のためにだって？　われらが同志のはじめての土曜労働を祝して、中口径の大砲を鳴らしたんじゃねえですか。こんどはあんたの番だよ、エゴールイチ……」

労働者たちは笑みを浮かべながら、彼を見やった。

「さあ、大先輩、ドカーンと一発……」

「お前もだ、ミーシカ、後れをとるな」

「さあ、なにぼけっと突っ立ってんだよ。集団を裏切るな」

「班の名誉を貶めるなよ、勲章もらってんだろ……」

「さあ、やったやった、エゴールイチ……おれたち、みんなあんたを見習ってんだからさ。……」

サラマーチンはこめかみをかいて、口ごもった。

「わかったよ、ただしこれ一回きりだぞ」

彼はかるく身をかがめると、うなり出した。

ミーシカも力いっぱい息張り、足元を見つめ、最初の屁を放った。だが、その音は弱々しくて、やっと聞きとれるほどだった。

「なんだ、ミーシカ、だらしねえ……」

「いいじゃねえか、何てったって今日は奴さんの記念日だからな……許してやろうぜ……」

一同は動かなくなった班長に目をやり、固唾をのんだ。夕陽を浴びて赤銅色になった、彼の大きな褐色の顔は、どこか遠くに向けられ、両手はしっかりと膝をつかんでいた。肉づきのいい班長の唇は固く閉じられ、頬骨のあたりの赤銅色をした皮膚の下でいくつものこぶがひくひくと蠢き、白髪の眉は中央ににじり寄った。

かろうじて聞き取れるくらいの声で彼はうめき出すと、頭をぐいと傾げた。

作業班は息をひそめて彼を見守った。

ズドーンという爆音と、はじけるような轟音が鳴りひびいた。

労働者たちは無言のまま、ぱちぱちと拍手をはじめた。

サラマーチンはハンチングをとり、一つお辞儀をした。

寄り道　Проездом

「さて、諸君、君たちの地区だが、今年はまあ大体のところ順調に運んでいるようだね」ゲオルギー・イワーノヴィチは笑みを浮かべ軽く胸を反らせた。「じつはそう伝えるように頼まれたものでね」長いテーブルに向かって座っている一同は、それに笑顔で答えると、たがいの顔を見交わしはじめた。ゲオルギー・イワーノヴィチは首を横に振ると、両手を左右に広げた。

「ところで諸君、いい時の君たちというのはほんとうによくやってくれるんだが、悪いときはちょっと腹が立つぐらいでね。去年なんかも、種まきの作業が遅れるわ、コンビナートは計画倒れだわで、総合体育施設の件ではいろんな手落ちがあったじゃないか？　え？覚えているかね？」

左側に座っているステパーノフが頷いた。

「覚えています、ゲオルギー・イワーノヴィチ、たしかに仰るとおりで、私たちの責任であります」

「そう、君たち、指導班のな。いいかね、君たちは、建設作業員は自分たちなしでもなんとかやってのけるだろう、期限は守るだろう、と考えたわけだ。ところが、連中はたんなる現場の作業員にすぎないから、何も急ぐ理由なんかない。で、君たちのコンビナートだが、ソビエト全土に知れ渡っている、で、われわれはなんとしてもプラスチックを必要としているというのに、去年なんぞはその七八パーセントというわけでだ。こいつはいったいどういうことかね？　あれで果たして事務的な話と言えるのかね？　パンテレーエフが私のところに来て、七八パーセントなどとぬかしおるもんで、何を言っておるのか、と言い返してやった。まさか、恩にきます、同志パンテレーエフ、地区の産業をみごとにまとめておいて、とは言えんだろうが、えっ？」

集まった連中は一斉に笑みをこぼした。ゲオルギー・イワーノヴィチはぬるくなったコップのお茶をすすると、唇を嘗めた。

「それにひきかえ、今年はまったく言うことなしだ。今日はここにおらんので残念だが、君たちの新しい書記がやってきたのが、まだ春先のことだ。パンテレーエフの場合、やつが顔を出したのはよくて秋頃だったが、ゴロホフがやって来たのは春だった。それで事務的な報告をしてくれたんだが、いいかね、すべての原因をだね、すべてのだよ、何から何までほんとうに事務的に話してくれたんだ。建設作業員のところに同じ地区からセメントが運ばれてきた。そんなことしていったい何になるっていうのか？　パンテレーエフは六年間、キーロフ地区に顔すら出さなかったんだ。せいぜい一六〇キロぐらいの目と鼻の先に石膏板工場があって、そのすぐ隣りにセメント工場があるっていうのに、まったくけしからんよ？」

「ゲオルギー・イワーノヴィチ、そこへはわれわれもとりあえず行ってきたんですがね」とヴォロビヨーフが身を乗り出して言った。「ところが、にべもなく断られました。連中はブルコフスキー工場や現場とくっついていたんですが、今では袂を分かちまして、それでうまく回ってきたんです」

「もし、上から尻を叩かれなかったら、今だって何ひとつよこさなかったでしょうな」とジェヴァートフが横合いから口を挟んだ。「セメントはどこも必要としてますからな」

「ゲオルギー・イワーノヴィチ、パンテレーエフに非があったことはたしかですが、あの時、こちらからも圧力をかけるべきでした、ストックは山ほどあったかもしれないんですから」

「むろん、あったさ、ないなんてことはありえない、あったにきまってる」ゲオルギー・イワーノヴィチはお茶を飲み干した。「それはともかくだな、諸君、当て推量はやめだ、これからはもっとプロ意識をもたねばだめだ。自分たちでどうしてもいい考えがうかばなかったら、次長クラスをプッシュするなり、経営の主任や労働者に相談をもちかけるなりするんだな。今後は、今年同様、自分たちのメンツを大事にしていこうじゃないか。乗りかかった船だ、沈めるわけにはいかんよ。そうだろうが？」

「その通りです」

「同感です、まさにその通り」

「賛成です、ゲオルギー・イワーノヴィチ」

「努力します」

「力を出します」

「ふむ、それなら結構」そう言ってゲオルギー・イワーノヴィチは立ち上がった。「では、君たちの書記と会ってみよう、前もって知らせてないので、機嫌を害さぬとよいのだがな、何しろ、わしはついでに立ち寄っただけのことだ。早く良くなるといいのだが。何しろ八月に扁桃腺炎というのは、おかしいな」

集まった連中もぞろぞろ立ち上がりはじめた。

「書記は強いお方ですから、ゲオルギー・イワーノヴィチ、すぐに良くなりますよ。こんな偶然もあるんですね。めったに病気などなさらない方なのに。あなたがいらっしゃったときに限って、ほんとうに残念です」

ゲオルギー・イワーノヴィチは笑みを浮かべながら、一同を見て言った。

「なに、かまわんさ、これからは抜き打ちで来させてもらうよ。もっとも、パンテレーエフがわしの執務室に入ってくるときは、だいたいすぐに察しがついたもんだがな。罪を悔いにきたってな」

一同は声をあげて笑い出した。ゲオルギー・イワーノヴィチは続けて言った。

「ここはついでにのぞいてみただけだが、万事順調のようだ。ってことはお次は新入りの書記ってことだ。諸君、おしゃべりはこれくらいにしよう」彼は時計に目をやった。「二時過ぎたか、ずいぶん油を売ってしまったな……では、諸君はこれからそれぞれの職場に戻ってくれたまえ、わしはこれから三〇分ほど、君たちの仕事ぶりを見て回るとしよう」

「ゲオルギー・イワーノヴィチ、よろしければこれからいっしょに食事でもいかがですか?」ヤクーシェフが彼のほうに歩み寄って言った。「すぐそこですし、話もつけてあります……」

「いやいや結構、ほんとうに結構、君たちで行きたまえ、しっかり働いて、なんというか自分の職分に励んでくれたまえ。それにどうか、わしのあとについてこないでくれたまえ。わたしは自分で各階を見て回るから。だいたい、それぞれの職場をね。諸君」

彼は笑みを浮かべながら、応接間を抜けて廊下に出た。地区委員会の労働者たちがその後から部屋を出ると、あたりを見回しながら、散りはじめた。ヤクーシェフは彼の後をついていこうとしたが、ゲオルギー・イワーノヴィチが指で脅すような仕草をしたので、彼もひとつ笑みをつくって、引き下がった。

ゲオルギー・イワーノヴィチは廊下を歩いていった。廊下は音がよくひびき、ひんやりしていた。床は明るい色をした石のプレートが敷きつめられ、壁は青みがかった落ち着いた色合いだった。天井には角灯がともっていた。ゲオルギー・イワーノヴィチは廊下の突き当たりまで来ると、三階につづく広い階段を昇っていった。階段を下りてきた二人の職員が、大きな声で愛想よく彼に挨拶した。彼も二人に挨拶を返した。

三階の壁は淡い緑色だった。ゲオルギー・イワーノヴィチは掲示板のそばでしばらく立ち止まり、外れた画鋲を拾って、張り紙の隅にねじ込んだ。隣のドアから女性が出てきた。

「こんにちわ、ゲオルギー・イワーノヴィチ」

「こんにちわ」

女性は廊下をすたすたと歩いていった。ゲオルギー・イワーノヴィチは隣のドアを見やった。淡い褐色の革張りのドアには「宣伝部長Ｖ・Ｉ・フォミーン」という金属のプレートが掛かっている。

ゲオルギー・イワーノヴィチはドアを少し開けてみた。

「よろしいかな？」

テーブルに向かって座っていたフォミーンが頭を上げると、さっと席を立った。

「どうぞ、どうぞ、ゲオルギー・イワーノヴィチ、お入り下さい」

ゲオルギー・イワーノヴィチは中に入ると、ぐるりと周りを見回した。

デスクの向かいの壁にはレーニンの肖像画がかかっており、部屋の隅にはどっしりとした金庫が二つ置いてあった。

「ここで座りづめなんです、ゲオルギー・イワーノヴィチ」フォミーンは笑いながら彼の方に近寄っていった。「仕事はなぜかいつも夏に殺到するんです」

「でも、冬は開店休業といったところじゃないですか」とゲオルギー・イワーノヴィチは微笑みながら言った。「なかなか結構な執務室だね。快適そうだ」

「お気に召されましたか？」

「どうだろう、少し小さめだが、快適だ。で、君の名前は？」

「ウラジーミル・イワーノヴィチと申します」

「なるほど、イワーノヴィチが二人ということだな」

「そうですね」とフォミーンは背広の裾をしきりに引っ張りながら笑い出した。「しかも部長が二人というわけだ」ゲオルギー・イワーノヴィチはにやりと笑ってデスクに近寄った。

「で、何かね、仕事はほんとうに多いのかね、ウラジーミル・イワーノヴィチ？」

「ええ、手に余るほどです」と真顔になってフォミーンは答えた。「近々、印刷労働者たちの大会があるんですが、二三、やる気のない記者がおりまして、工場の記念アルバムの件でもめてるんです。どうにも話がまとまらなくて……いろいろと障碍があるんですよ……しかも、書記は病気ときてますし」

「いったいそいつは何かね？　何のアルバムかね？」

「記念アルバムなんです。わがコンビナートは今年、創立五〇周年を迎えるもんでして」

「そいつはなかなかの数字だね。知らなかったな」

「そういうわけで、記念アルバムを計画しているんです。といっても、すでに出来上がっておりまして。いま、お見せします」フォミーンはデスクの引き出しを開け、アルバムの見本刷りを取りだして、それを手渡した。

「まあ、こんな感じのものなんですが。カルーガ出身の二人の若者に頼んでこれを作ってもらったんですよ。なかなか大した画家たちでしてね。表紙はコンビナートで、裏表紙はここの湖と松林です」

ゲオルギー・イワーノヴィチはアルバムの見本刷りをぱらぱらとめくって言った。

「ほほう……なるほど……立派なもんだ。で、どうしたっていうのかね」

「ところが、これが第一部長のお気に召さなくて。退屈だ、って言うんです」

「なに、こんなにきれいなのに何が退屈と言ったかね？　それこそすばらしい眺めじゃないか」

「私もそう言っているんですが、彼がどうしてもうんと……」

「ステパーノフだったかな？」

「そうです。それに書記は病気ですので、この二週間、認可が得られないもんで。例の二人の画家も引き留めたままなんです。それに印刷所も」

「それなら、私が一筆入れてやろう」

「そうしていただけたら、もう、感謝の言葉もありません。ゲオルギー・イワーノヴィチ。これですっかり肩の荷が下ろせます」

ゲオルギー・イワーノフはペンを取りだすと、表紙の背に〈湖の風景を支持する〉と書き、その下にすらすらとサインした。

「感謝感激です」フォミーンは彼の手からパンフレットを受けとると、ちらりと中をのぞいてから、引き出しにしまった。「これからこのパンフレットで連中に一泡吹かせてやりますよ。言ってやりますとも、湖の表紙は州委員会部長のお墨付きだってね。これ以上、ぐずぐずさせませんよ」

「その通り言いたまえ」ゲオルギー・イワーノヴィチはにこりと笑みを浮かべ、目を細めて、文鎮のそばに置いてある書類に目を向けた。「ところで、そこにきちんと並べてあるのは何かね？」

「それは州委員会が出された七月の指令書です」

「ははあ、収穫作業の実行に関するものかね？」

「ええ、おそらく私などより、あなたのほうがよくご存じと思いますが」

ゲオルギー・イワーノヴィチはにこりと笑みを浮かべた。

「そうそう、これには骨を折らされたな。君たちの書記が二度やって来て、それこそ缶詰状態で頭を悩ませたものさ」

フォミーンが真顔で頷いた。

「わかります」

「そうとも」ゲオルギー・イワーノヴィチはため息をついた。「ウラジーミル・イワーノヴィチ、われわれにとって安息などというのは夢のまた夢の話でね。休めるのは、両足を前に突きだす時になってやっとさ」

フォミーンはさも同感といった顔をして頷き、笑みを浮かべた。ゲオルギー・イワーノヴィチは指令書を手にとり、きちんとタイプされた活字を見ると、しばらくページをめくり、それから軽く振った。そのため、書類の紙がぱらぱらと揺れた。

「で、どうだった、ウラジーミル・イワーノヴィチ?」

「え、書類のことですか?」

「そうだとも」

「とても事務的だと思います。何もかも整然としていて、明快で。興味深く読ませていただきました」

「つまり、無駄骨を折らずに済んだってわけだ」

「もちろん、必要な書類です。たんに事務的文書というに留まらず、いかにも党らしい良心的な書類です」

「気に入ってもらえて嬉しいよ。この類の指令書ってのは、金庫の中で埃をかぶっているのが当たりまえだからな。ウラジーミル・イワーノヴィチ、ほら、これ、この指令書、金庫の上に置いてくれたまえ」

「上にですか？」

「そうとも」

フォミーンは用紙の束を受けとると、そっと金庫の上に置いた。ゲオルギー・イワーノヴィチはその間にデスクに近づき、引き出しを開けてアルバムの見本刷りを取りだした。「思い出してよかった」と言いながら、彼は見本刷りをぱらぱらとめくりだした。「いいかね、ウラジーミル・イワーノヴィチ、これからわれわれがすることはだな……そう、このままで……まあ、こういうことだよ。だれも中に入れないように、そう、このままでだ」

彼は、アルバムの見本刷りを開いたままデスクの上に置き、すばやく背広を脱ぐと、それを肘掛け椅子に投げだした。それからゆっくりとデスクによじ登り、やがて仁王立ちの姿勢をとった。フォミーンはびっくりした様子で笑みを浮かべながら、その様子を見守っていた。ゲオルギー・イワーノヴィチはボタンを外してズボンを下ろし、それからパンツを脱ぐと、アルバムの見本刷りのほうを振り返って、その上にしゃがみ込んだ。瘦せた両手を前に組んだ。フォミーンはぽかんと口を開けて彼を見つめていた。ゲオルギー・イワーノヴィチはふたたび後ろを振りかえり、曲げた両足を不器用に踏みかえて動きを止めると、フォミーンの横をじっと見つめながら、うーんと呻きだした。青ざめた顔のフォミーンがドアのほうに後じさりしようとすると、ゲオルギー・イワーノヴィチは押し殺したような声で言った。「いいか……われわれだけで……」フォミーンはデスクに近寄り、呆然とした様子で両手を挙げた。

「ゲオルギー・イワーノヴィチ、これはいったい……どうして……私には何のことやら……」

ゲオルギー・イワーノヴィチは大声で呻きだした。血の気のうせた彼の唇はだらしなく開かれ、目はかすかに開いていた。彼の膝をよけながら、フォミーンはデスクを一回りした。ゲオルギー・イワーノヴィチの平たい尻が、開いてある見本刷りの上に覆いかぶさっていた。きちんとしたその冊子にフォミーンが手を伸ばすと、ゲオルギー・イワーノヴィチは敵意に満ちた顔をじろりと彼のほうに向けた。

「触るな、触るんじゃない、見ていろ、いい子だから」

フォミーンは壁際に引き下がった。ゲオルギー・イワーノヴィチは屁を放った。毛の生えてない彼の尻がぶるんと揺れた。肉づきの悪い二つの尻の間から褐色のものが現れ、みるみる大きく長くなっていった。フォミーンは慌ただしく唾を呑みこむと、壁から半身を折りまげてアルバムの見本刷りの上に両手を伸ばし、褐色のソーセージから守ろうとした。ソーセージが途切れて、彼の両手に落ちた。つづいて、先よりもやや細めで、色も薄めの二本目が出てきた。フォミーンはまたそれを両手で受けた。ゲオルギー・イワーノヴィチの短くて白いペニスが揺れたかと思うと、黄色い液体が勢いよくほとばしり、途切れ途切れにデスクの上を濡らした。ゲオルギー・イワーノヴィチはまたしても屁を放った。うなり声をあげながら、三番目をひり出した。フォミーンはまたそれを受けた。デスクから床に尿が滴りだした。ゲオルギー・イワーノヴィチは両手を伸ばし、デスクに置いてある小箱から何枚かの光沢紙をつまむと、それでもって尻を拭き、床にぽいと投げすてて、下ろしたズボンを両手でつかみながら、背筋を伸ばした。フォミーンは手のひらに温かい便をのせたまま、後ろに立っていた。ゲオルギー・イワーノヴィチはズボンをはき、気の抜けたような顔でフォミーンを振りかえった。

「さてと……どうしてきみは……」

彼はシャツをズボンの中に入れると、不器用にデスクから飛びおり、背広を手にとり、それを脇の下にかかえたまま、小便が少しかかった電話の受話器を取った。

「そうそう、いいかね、君のその同僚に電話をするには、はて、何といったかな……」

「ヤクーシェフですか?」フォミーンはなんとか口を開けてつぶやいた。

「それそれ」

「三二七番です」

ゲオルギー・イワーノヴィチはダイヤルを回した。

「私だ。ヤクーシェフ同志、そろそろ時間だが。たぶんな。そう、そう。いや、いま同志の執務室だ。ウラジーミル・イワーノヴィチのところだよ。そう、彼も一緒だ。そうだ、二時間後がいいかな、いや、すぐでいい、今すぐ。もう出るところだから。よろしい、分かった」

受話器を置き、背広を着ると、彼はもう一度フォミーンのほうを振りかえり、部屋を出ると後ろ手にドアを閉めた。デスクの端から液体がぽたぽたとひっきりなしに滴りおち、磨かれた木の上で尿の水たまりが動かずに鈍く輝いていた。手帳、シガレットホルダー、眼鏡、見本刷りの端が水たまりに浸かっていた。ドアが少し開き、コニコーワが顔をのぞかせた。

「ヴォロージ、今あなたの所にいたのは彼でしょ？　変な人ね、どうして私を呼んでくれなかったの？」

フォミーンはくるりと彼女に背を向け、両手に抱えた便を隠した。

「ちょっと忙しいんだ、今はだめ、今はだめだ……」

「ちょっと待ってよ。ねえ、どんな話をしたのか、教えて。この部屋、なんだか、蒸し暑いわね……それに何か変なにおいがするわ……」

「いかん、こっちに来るな、忙しいって言っとるだろ」顔を真っ赤にさせ、首をすくめながらフォミーンは叫んだ。

「ええ、わかったわ、行けばいいんでしょ、でも、そんなに大声出さないでよ」

コニコーワは姿を消した。フォミーンは閉じたドアのほうをちらりと見やってから、すばやくかがみ込み、デスクの下に便をのせた両手を押し込もうとしたが、窓の外では長々と車のクラクションが鳴り響いていた。フォミーンは背を伸ばして、窓のほうに駆け寄った。地区委員会の玄関の脇に黒塗りのチャイカが一台、そしてやはり黒塗りのヴォルガが二台止まっているのが見えた。地区委員会の労働者たちに囲まれ、車のほうに向かってゲオルギー・イワーノヴィチが御影石の階段を下りていくところだった。嬉しげに身振り手振りを交えながら、ヤクーシェフが彼に何ごとかを話しかけていた。ゲオルギー・イワーノヴィチはうんうんと頷いては笑みをこぼしていた。チャイカがUターンをし、玄関口の正面に寄って停車した。フォミーンはひんやりした窓ガラスに額を押しあてたまま、その様子を観察していた。便をのせた手のひらが少し開いて、褐色のソーセージが一本、彼の靴の爪先にぺとっと落ちた。

出来事

Дорожное происшествие

黄色い立方体をいくつも屋根にのせ、むかつくような耐え難いピンク色をしたタクシーのドア、おぞましさに思わず顔をしかめたくなるバタンという音……。裾長の英国製コートのぶしつけなくらい深くてひんやりしたポケットをアレクシスは長々とまさぐる。彼は一度として座席に腰を下ろしたまま勘定を済ませたことはない。

「どうも」

「ありがとうございます」

ライラック色の五ルーブル札は子どもに潰されたオサムシのようにペシャという音を立て、白タク運転手の血の気のない手のひらのなかに消えた。

アレクシスはくるりと背をむけると、一〇月の終わりの風の恥知らずな足を見つめながら、何歩か歩き出した。

背中でエンジンがうなり、キュッとタイヤの軋る音がする。

〈要するに、おれたちロシアの季節の変わり目ぐらい、忌まわしいものはないってわけさ〉顔をしかめ、ベロア製のグレーのマフラーにくるまりながらアレクシスは思う。

あたりは薄暗く、寒く、ひと気が絶えていた。左手には、泥のかかったいくつもの広告パネルが立つ灰色の環状交差システムが残り、右手には、アプリコットジャムのような日没が二層の四〇階建てビルの間でひえびえと広がり、前方の半円形の駅舎の屋根の上に**ビリュリョヴォ2**というアンチック体で書かれた白いネオン文字が輝き、その少し下の、横積みになった梁やカンティレバーや溝材の中に、黄色くて貧弱な**駅**の文字があった。

アレクシスは歩き出した。

ここに来たのははじめてだった。ほとんど一〇年間、ここから目と鼻の先のマーコヴィ大通りにある広い二階建てアパートで叔母と同居していたにもかかわらず……。

彼がこの世でいちばん嫌いなものがモスクワの場末だ。ライラックやみやま桜の中にこまごまと埋もれている一戸建てのなかから、インドのリンガのように摩天楼が突き出したあのくそばかばかしいロシア風アメリカ。

〈何が、大いなる五〇年代なもんか〉――アレクシスはさも汚らわしそうに薄笑いを浮かべ、おぞましい音をがなり立てる赤くて醜い芝刈り機——それはどこか熱帯のカマキリに似ていた——で元気良く芝刈りをする父親が着けていたチェックのズボンやコルク製の日除けのヘルメットを思い出した。

〈あいつらはあの時みんなアメリカ、アメリカで頭がいっぱいだった。で、その結果がこのざまってわけさ〉アレクシスはプラットホームに続くコンクリートの階段を上りはじめた。

〈コルク製のヘルメットは今じゃサモワールの帽子がわりさ……〉

プラットホームは空っぽでうす汚れていた。赤く色づいたカエデの葉が白いベンチに黒ずんでみえ、駅舎は濁った金魚鉢のように鈍く光っている。彼はその駅舎のなかに入っていった。

切符売り場のあたりに人影はみえず、バーのドアから人声が聞こえてくるだけだった。

「ベールイ・ストルブイまで一枚」ふっくらした眉間に鼻メガネを乗せ、口髭をはやしている黒い制服姿の老駅員をじっと見やりながら、アレクシスは大きな窓に向かって言った。

〈こいつはまるでチェーホフに出てくる登場人物だな〉

老駅員はまじめそうに頷き、レジスターのキーを叩きはじめた。ピンク色の切符が黒い皿のうえにぱらりと落ちた。

「一ルーブルと二〇コペイカです」

アレクシスは切符を受けとり、金を払った。

「お客さん、第六南鉄道の債権をお買いになりませんか？」窓に体を預けながら、駅員は年寄り臭い白っぽい目でじろりと彼を見あげた。

「いや、結構。それより、列車の時刻を教えてください」

「一八時二分です」老人はまるでロボットのように姿勢を変えずに答えた。「まだ、三六分あります」

「どうも」アレクシスはひとつ頷くと、バーに向かった。

〈畜生め、こんな場所で三〇分も突っ立ってなきゃならないなんて〉

バーはこの地区に似合いのもので、〈巣箱〉の名前がついていた。てらてらと光るバーのスタンドのうえにディズニーランド風に書かれた明るいピンク色の太字の看板がそれを物語っていた。インテリアは彫り模様のついた煤けた木が犇めいていた。頑健そうな鶏が赤い胸を突き出し、ぺろりと舌を出して毛を逆立てている双頭の鷲。微笑んでいるマトリョーシカ。

「何にします？」肉づきのいい白い顔をしたウェイターが振り向いて言った。黒い口ひげを羽のように生やし、子豚のような目と二重顎をした男で、白いビロードの蝶ネクタイの羽がその下でぴらぴらと震えている。

「スミルノフのダブル」気乗りせずにアレクシスは答えた。

彼はめったに自分の好みを変えない男だったが、列車での時間が求めていたのは、ウオッカの酔いによくあるどろりとした気分で、コニャックからくるオプティミズムの気分ではなかった。

「コーヒーは？」ウェイターはそう言いながら、アレクシスの前にウオッカグラスを置いた。しかし彼は首を横に振り、鼻でかの、憎たらしい大統領の横顔を彫った一ルーブルコインをガシャンとスタンドに叩きこむと、一気にウオッカをあおった。

ほとんど同時に体のなかが暖まり、心のなかが柔らかくなごんできた。目には涙が溜まりだした。ハンカチを取ろうとしてポケットに手を突っ込むなり、コートの内ポケットで眠っていた新しい〈文学通報〉のことを思い出した。

アレクシスはやがてコートのボタンを外して六角形のテーブルに向かい、ほとんどタバコの巻紙のように薄いページをさらさらとめくっていった。

〈通報〉は、ペテルブルグでつい幕を閉じたばかりの詩のフェスティバルに関する、編集部の煩雑で無責任な記事で始まっていた。それは、厚かましい老人やら、得意満面の老嬢やら、くそばかばかしい派手な身なりをした若者たちを丸一週間も中継したテレビ会社

「ニヴァ」の、見るも哀れな、未熟児たち——どれにせよ耳にするに耐えぬ代物だった。

〈まことの言葉の祝典……現代のロシア語文化における注目すべき事件……枯れることのないロシアの詩神が恵みゆたかに君臨した六日間……〉

軽い笑みをもらし、次のページをめくったアレクシスは思わずぎくりとなった。大きな見出しの右側に、ニコライがヒモのようなずるがしこい笑みを浮かべていたのだ。二段組に開いた大きな記事は、〈立襟のルバシカを着たギリシャ人〉と題されていた。

割れた水晶のような、煌めくように痛烈なニコライの文章には、知っている名前がそこここで触れられ、感嘆符が毛を逆立て、こまごまと集められた引用が山をなしていた。その文章にすぐにも没頭したいという欲求を辛うじて抑えながら、アレクシスは手を挙げた。

「スミルノフのダブルもう一杯！」

ウェイターはおとなしく振り向くと、カウンターによじ登り、仁王立ちになった。彼は、天井のプラスチックの蜂房に手をやり、園芸用の鋏を取り出すと、左手の大きな指を切り取った。血が流れ出した。老婆は、羽織っていたコートのボタンを外して脱ぎ、ブラウスのボタンを外し、スリップを脱ぎ、ブラジャーをとった。パンティは脱がなかった。彼女はカウンターに近近づくと、切りとった指を見見つけて、頬頬にそれを押しあてて、しゃしゃぶりはじめたが、娘娘と青青年はそのそのまま眠眠眠眠眠眠りはじめた。そしてぼくらも。なぜなら、ぼくらは、ぼくの友達よ、まだ疑うということを知らない幼い時代からへとへとに疲れきり、心臓のかわりに炎のような傷をもち、何事かをつぶやいているのだから——待て、行くんじゃない、がだれかが古い迷信のことを、存在の開け放たれた扉のことを考え、いつもどんより曇った夏のことを思い出し、水底から草がしげる小川のせせらぎを思い出し、ぼくらは記憶や痛みを、打ち砕かれた運命や、ひきちぎられた枷や、微笑みや、まどろみや、メランコリーや、出版されない破滅的な詩を恐れながら、奇妙な理由や、在りし日の生活や、昔の時代を思い出している。なにしろぼくらは女々しい男ども、埃まみれの窓のカーテン。ぼくらのことはひ孫も、孫も理解しないだろうが、別荘の電話は認めてくれるだろう。なにしろぼくらは渡り鳥であり、別離の騎士であり、ぼくらは古い蓄音機を回し、色あざやかな鎖帷子を着せられ、褐色の静けさの中を這いまわり、鉄の腹帯を歯で断ち切り、静かにおしゃべりしているのだ。放屁もなかなかいける。

なに、とてもってほどじゃない。でも、やはりなかなかいける。

髭剃りの跡の青いシャシリクツィナンダーリの砲兵の放屁はいけるし、ロマンティックに燃えるライクアキャンドルオンザウィンドは湿気て薄暗い埃だらけのねずみ色の表玄関では輪をかけてすばらしい。表玄関では。アールヌーボー風プチブル趣味の階段の上に、ガウディ風ヘビのモデルヌをあしらった格子状の手すりが黒い狩猟網のように透けてみえる二階に、ルーテル教会の濁った月の窓をとおして流れ込むドミーヌス・デウス、すなわち明るく透きとおる分離独立の夜の、濡れたボラの腹のように銀色に輝いている……。

そして静寂。

ただ、どこか、遙か遠い国で、ヨーロッパのまるまる肥えた野良犬が吠え、そしてガソリンスタンドでは黒人が二人、ビルとマルセルが安物のジンを飲んでいる。

そしてこの静けさのなかで、この薄闇のなかで、このドームの下にグルジア人のゴーギアが立っている。彼は、若くて、すらりとして、美男子で、金持ちだ。彼はミカン園を経営している。むろん燃えるようなブルネットの髪をし、なかなかの洒落た身なりだ。

ベルベットのジャケットに黒いビロードのズボンというい でたち。ブリキのようにぱりぱり音を立てるまばゆいワイシャツ。繻子織りの蝶ネクタイ。ぴかぴか光るスパッツ。ダンヒルの煙草にロンソンのガス・ライター。やせた尻を突き出し、彼はカチッとライターを鳴らす。

一瞬のうちに小さな炎が燃え上がるが、行き場はない——炎は沈み、消え、黄緑色の炎のもすそのなかに燃え尽きる。なんていう花火！　なんていうねずみ花火、主よ、許したまえ！

放屁が燃えに燃える、最初の中国製爆弾のように驚くべきしろもの、アメリカのナパーム弾のように驚嘆すべきしろもの、ソ連の秘密燃料のように震撼すべきしろもの。

その燃え方といったら！　エフェソスのアルテミード宮殿のよう、ジャンヌ・ダルクのよう、一八一二年のモスクワのようだ。大騒ぎをし、バチバチ音を立てている。栄光とともに。

ゴーギアの蠕動のうえを戯れる風は燃え、――細い腸管の柔らかな南西風、厳格で、冗談嫌いな直腸の北東風。黄緑の涅槃《ニルヴァーナ》を、心やさしいアブハズ風串焼き、愛らしい鶏肉《サツィヴィ》、魅惑的な豆料理《ロビオ》の傍らをアストラルが駆けぬける。

タバコと、ニンニクと、百姓（ウラジーミル・ナボコフ）と、糞と、ワギナと野郎（ウラジーミル・ソローキン）の臭いがする。

でもね、そうじゃないの、みんな。何も臭わないんだから。前回の授業でもお話したでしょう。硫黄の正酸化物というのは臭いをもたないんです。

$H_2S+O_2=H_2O+SO$

ニーナ・ニコラーエヴナはチョークを置いて、教室のほうを振り返った。

「ソロヴィヨーフ君、黒板へ」

セルゲイ・ソロヴィヨーフは立ちあがり、ため息をつき、おぼつかない、怯えたような足どりで黒板に向かった。ニーナ・ニコラーエヴナはチョークで真っ白に汚れた指をハンカチで拭った。

「硫化水素を得る化学式を書きなさい」

ソロヴィヨーフは黒板に近づいた。

教室はしんと静まり、興味津々、この転校生をじっと見つめていた。セルゲイはチョークをとり、ニーナ・ニコラーエヴナがさっき書いたばかりの化学式をじっと見やった。

しばらくの間、教室は水をうったように静けさが支配していた。

「先週の授業には出ましたね？」ハンカチを畳みなおして、どんどん赤くなるソロヴィヨーフの耳を見つめながら、ニーナ・ニコラーエヴナは尋ねた。

「出ました」と彼は、乾いた唇をなめながら小さな声で答えた。

「私が話したこと、覚えてる？」

彼は首を縦に振った。

「それじゃ、最初から挙げてごらんなさい。硫化水素はどんな反応から得られるか？」

ソロヴィヨーフは黒板から目を離さずに口をつぐんでいた。

さらに二分ほど待ってから、彼女は、いつものくせで両肘を抱えると、列の間を歩き出した。

「いいでしょう。反対から行きましょう。ソロヴィヨーフ、硫化水素から硫酸は得られますか？」

「はい」と目をそらさずに彼は口早に答えた。

「では、亜硫酸だったら？」と彼女はセルゲイの机の脇で立ち止まり、開いたノートを手にとると、ページをめくった。

「できます……ええと……得られません」ソロヴィヨーフはもぐもぐとつぶやいた。

彼女はメガネの上から彼のほうを見やり、ため息をついて、ノートを置いた。

終了のブザーが鳴った。

教室はほっとした様子でもぞもぞと活気づきはじめた。

ニーナ・ニコラーエヴナはつかつかと自分の緑色の教卓に戻ると、腰を下ろしてから、開いた雑誌にかがんで言った。

「不可よ、ソロヴィヨーフ。あなたのノートには全部書いてあります。白のうえに黒くね……でも、何にも覚えていない」

彼は相変わらず突っ立ったまま、ぼうっと黒板を眺めていた。

教室のなかがにわかに騒がしくなった。生徒たちはおしゃべりをし、笑い、がさこそ音を立ててノートをしまった。

「席に戻りなさい」とニーナ・ニコラーエヴナは言った。「いや、ちょっと待って、台を運ぶのを手伝いなさい」

彼女は教卓をこつこつと手でノックした。「静かに！　席に座って！　さあ、宿題をメモするの！」

生徒たち一同は日誌を開きはじめた。

「一二、一三、一四番のパラグラフです。では、授業はこれで終わり。また来週」

一同はいやいやながら席を立った。

「台とアルコールランプを持ってちょうだい」と彼女は雑誌と試薬の入った箱を手にとりながらソロヴィヨーフに言った。「行きましょう、ソロヴィヨーフ」

二人は休み時間の生徒たちですでにいっぱいになっている廊下に出ると、食堂の脇をとおり、二階の階段を上りはじめた。ソロヴィヨーフはだれかにひっかけたりしないように努めながら、スタンドを運んでいた。試験管の中では硫化鉄の破片がかすかに揺れていた。

「どうして何も復習してこなかったの？」とニーナ・ニコラーエヴナは尋ねた。「時間がなかったの？」

ソロヴィヨーフは歩きながら軽く肩をすくめた。

「もしかしたら、やる気がないのかもね？」にこりとして彼女は首を横に振った。「ソロヴィヨーフ、ソロヴィヨーフ。ここに転校してきたばかりだっていうのに、もう不可よ。だめね……」

二階にあがると、二人はすぐに隣り合った二つのドアのそばまで来ていた。左側のドアには**実験室**と、もう一つのドアには**試薬室**と書かれていた。

ニーナ・ニコラーエヴナは、脇の下に雑誌をはさみこむと、茶色の上着のポケットから鍵を取りだし、右側のドアを開けた。

「次の授業までに、硫化水素について全部覚えてくるのよ。どうやって得られるか、どんな性質を持っているか、いいわね。もし、ぜんぶきちんと答えられたら、不可は訂正できるわ」

彼女はドアを開け、体を避けて、彼を通した。

「入って。ほらあそこのテーブルに置くの」

ソロヴィヨーフはおとなしく部屋に入り、スタンドやフラスコ、そして管や試験管の入った箱が一面に並び、教室の大半を占領している大きな机の隅にスタンドと試験管を置いた。大きな金属製の箱にはアルコールランプが整然と並んでいた。

壁際に沿って、空のビンやフラスコや、試薬の入ったビンがぎっしり詰まった黄色い棚が並んでいた。ドアのすぐ脇には、少しひびの入った鏡のついている洗面台が据えてあった。その古い銅の蛇口からは水がぽたぽたと漏っていた。

アルコールランプの焼けた芯と化学成分の臭いが漂っていた。

ニーナ・ニコラーエヴナはキャビネットを開け、試薬の入った試験管を棚に置いた。

ソロヴィヨーフは二つのバルブのついた奇妙な形のガラス管をしげしげと見やった。

「面白い?」キャビネットを閉めながら、ニーナ・ニコラーエヴナが尋ねた。

ソロヴィヨーフはこっくり頷いた。

「これはゼリンスキーの管よ。加水分解に使うの。それはあの棚に置いてね」

ソロヴィヨーフが管を置くと、ニーナ・ニコラーエヴナは、足下をじっと見つめながら、放心した様子で手をふった。

「そうじゃなくて……そうじゃないほうがいい……」

彼女の顔は我を忘れたように険しくなり、唇がなにごとかをつぶやいていた。

しばらくじっとしてから、彼女はテーブルのほうを振り返った。

「あのね、こうしましょう。私を助けてちょうだい、ソロヴィヨーフ」

彼女はそう言うと急いで棚とテーブルの上の用具一式を下ろし、それを床の上に置きはじめた。

「早く、早く、きれいにするの……でも、割らないように気をつけて……」

ソロヴィヨーフは手伝いにかかった。

テーブルは長くて広かったので、それを整理している間に授業開始のブザーが鳴った。

「次の授業はなに？」試験管を入れた重い棚を下ろしながら、ニーナ・ニコラーエヴナは尋ねた。

「地理です」と息をきらしながらソロヴィヨーフが答えた。

「だいじょうぶよ。十分遅れて出なさい。ヴィクトル・エゴールイチに言うの。私に引き留められましたとね」

彼女はそう言ってかがみこむと、テーブルの脇戸棚の小さな扉を開け、端っこにプラグのついたぐるぐる巻きの黒いコードを取りだし、それをほどいてソケットに差し込んだ。それから、片手でテーブルの台の下を手探りすると、スイッチをパチンとやった。ゴーという低い唸り声が響き、蓋ががくんと身じろぎをすると、真ん中の部分でまるでドアのように二つに割れて開きはじめた。そのドアがすっかり二つに分かれると、テーブルのように長細い台座のケースは上まで土でいっぱいになっているのが分かった。

土はこまかく砕かれ、その表面は入念に柔らかくされた跡が残っていた。

「さて……」とニーナ・ニコラーエヴナは平らかな茶色の地面を注意深く眺めまわしながらつぶやいた。「これはみな私の夫が……」

ソロヴィヨーフも地面を見た。

ニーナ・ニコラーエヴナはすばやくサンダルを脱ぎ捨てると、スカートをたくし上げてテーブルを跨いだ。

彼女の細い足がくるぶしまで地面にめり込んだ。もう一方の足を引っぱり寄せると、彼女はその隣りに置き、それからピンクのパンティを下ろしてしゃがみこんだ。

「ほら、そのケースを開けて、クライマーとって……」と、両の手のひらで頬をエネルギッシュにマッサージしながら、小さくつぶやいた。

ソロヴィヨーフは一番近い棚のケースを前に引きだし、クライマーをとった。

「私の背中に数字のように下に向けて載せてちょうだい」

彼はクライマーを彼女の背中に青い数字のように載せた。

「そこの赤い戸を引いて」相変わらず小さく、早口で彼女がつぶやくと、じょろじょろという静かな音を立てて彼女の小水の強い流れが地面を打った。

ソロヴィヨーフは赤い戸を引いた。

クライマーは生き返り、柔らかい音を立て、用を足しているニーナ・ニコラーエヴナの背中を上りはじめた。

彼女は震えだし、しゃがれ声をだした。

クライマーのてっぺんが開き、そのなかで何かがキラリと光った。

髭は中心にむかって曲がり、まばゆいほどの内羽が脇に這い出した。

背中には黒く煙っている跡が残っていた。

「出てお行き……」ニーナ・ニコラーエヴナは、かっと見開いた目で正面を見つめながら、つぶやくように言った。

ソロヴィヨーフはドアの方に後じさりしはじめた。

クライマーは層をなすピンク色の煙のプロミネンスを上に放ち、その指先から稲妻のように光っていた。

髪の毛の焦げる臭いがしてきた。

「ここから出てくの、このガキ!」ニーナ・ニコラーエヴナは、身を震わし、泣きながらしゃがれ声でつぶやいた。

ソロヴィヨーフはドアを開けて、廊下に出た。

それからどうなったか?

後は、二、三の諺で済ませるとしよう。

ドイツ人は糞の上でノミを殺す。

そうさ、手を汚す。
腐った淫売、垣根のごとし。
ファックせぬは、泥棒ならず。

われらがシャベルはよく掘れる。
われら砂を集めて、売りさばくものなり。

……襲撃が終わると、グージは土がかかった台の下から顔を出した。頭を振ると、彼は驚いて小さく口笛を吹き、うつぶせに横たわっているファルハードをつついた。ファルハードはおそるおそる頭をあげた。そのために甲冑についた土がこぼれ落ち、明るい七月の陽の光を浴びてふたたび輝きだした。

わずか数分のうちに広場は信じられないほど様変わりしていた。巨大な熊手《レーキ》がそこを通過したようなありさまだった。アスファルトは恐ろしいほどえぐられ、あちらこちらに死体が横たわり、ひっくり返ったバスが二台、ナパーム弾を浴びせられたみたいに激しく燃えさかっていた。その内の一台では一人の男がもがきながら、荒々しい声で叫んでいた。

屋根を引き裂かれたトロリーバスが大通りを斜めに横切るようにして停まっている。その隣では、もっとも小回りのきく白のジグリが燃えている。ひげを生やしたひょうきん者の運転手と六歳になる彼の娘はすでに死んでいるらしかった。半円形をした黄色っぽい真向かいのアパートは恐ろしい弾痕が二つ大きく口を空け、労働者の姿をかたどる彫刻のあった屋上はきれいに吹き飛ばされていた。ガガーリン像のある場所には、地面にたっぷり一〇メートルはありそうな弾痕が煙を立てながら大きく口を開け、三〇秒ほど前までモスクワのコバルト色の空にその鋼鉄を輝かせていた像はうつぶせに倒れたまま、プロフソユーズナヤ通りへの出口を塞いでいた。ごつごつした塔は生い茂る若木の上にくずおれ、爆発によって投げ出された鋼鉄の球は橋のほうに転がっていき、鋳鉄の欄干にぶつかって止まった。

「ええいっ、糞！」グージは下品な罵声を浴びせた。「何もかもひっくり返しちまって」

「こいつは参った」とファルハードはいつもの嘆声を吐き出した。

炎に包まれた何台かのジグリのなかで、パーンという柔らかい音とともにガソリンタンクが爆発し、あたりに焼けただれた胴体の破片を散乱させた。

グージは目もとにずれたヘルメットを直し、まばらになった彼の分隊が横たわった右側を見やった。そこでは土の塊とアスファルトの破片に埋もれて兵士たちがうごめいていた。

いつもの仕草で彼はポータブルの無線機に手を伸ばしたが、両手はすでに何度も空っぽの場所を手探りしていた。

「三番！　五番！　七番！　商店に退却！」レブロフのスピーカーの声が息を吹き返したように後ろから鳴り、すぐさま四方八方から、つまり根こそぎになった敷石やレンガの山や燃え尽きた車体から、レブロフ大隊の兵士たちが後じさりをはじめた。

グージは機関銃を軽く押さえながら立ち上がると、仲間たちに手を振った。

「後退！」

立ち上がったのは五人で、彼らはみな、ネスクーシヌイ庭園での戦闘のあとに留まった連中たちだった。

弾丸がヒューと音を立て、〈靴の家〉のそばに潜んでいた迫撃砲手たちが活気を取り戻した。あたりで迫撃砲弾が爆発しはじめた。

屋根裏部屋からソコロフ中尉の対戦車砲弾が応戦し、門の通り口から自走砲が甲高い音を立てた。

アパートまで走り着くと、レブロフはただちに身を伏せるように命令した。

グージは彼のそばにいた。ひっくり返った汚水用コンテナ車のかげだった。あたりー面にはゴミや廃品が散らばっていた。

「レブロフ！　二人寄こせ、早く！」〈小間物店〉の粉々に割れたショーウィンドーから声が響いてきた。

レブロフは汗で濡れた意地悪い顔をグージとファルハードのほうに向けた。

「グージ、ナリムベコフ！」

そして一瞬の後、彼らは、埃で真っ白になった機関銃を抱えて店のなかに走っていった。店のなかに。彼ら、そこ、走っていった。いろんな商品があった。そしてそれと、あそこにはコムソモール管理部の棚があった。そしてその後、地下鉄駅〈レーニン大通り〉で戦闘があり、ファルハードは致命傷を負った。グージは無事生き残った。所属する分隊でたった一人だ。そしてガーソフの連隊は〈オクチャーブリスカヤ〉駅の方へ侵攻しはじめた。そこでは六回攻撃がありその後にはエレジーが残った。というのも薄闇のうえにもはや一度目ではない一〇月がただよい、私たちは静けさのなかに隣り合っていたのだ。おお、わが悲しい友よ。秋の森が新鮮な精液《スペルマ》のような月の光を浴び、静寂が便の息吹を漂わせるように、傾いだグミの木の夢が月経《メンス》の血にまみれるように、勃起したポプラの木々のまわりを取りまく萎れた植物たちの眺めがセクシュアルなように、肛門の柔らかいひびきが心臓をうずかせる、友よ、鬱血した唇たちの目ざめた茂みに宇宙のクリトリスを、ライラック色の空の中絶を探してはならない、だが、陰気ながら声のよくとおる雄弁家ははぐれ者の夢のように過ぎていく、荒々しく、私は知っている、どのみち辛い更年期は終わり、風の侵食の、雪の不感症の、子宮外の庭の、すべてのリビドーの夜明けの湿った重苦しい天気はその時晴れても、極端な肉の捕虜がぼくらをもろとも呑みこむだろうことを、ぼくらは天才的だが、湿ったタンパクスは燃え、ぼくらは慌ててコンドームのドーに沈み、存在の陰嚢、屈辱の卵巣、どんなに愛しあいたいことか、マスターベーションの夜が刈り入れのあとの畑の上に波立つ粘液を塗りつけ、二つのユーカリが精子をたっぷり含んだ出会いを待ちこがれ、その枝は暗闇のなかですっかりからみ合い、平原の膣は空間に向かって大きく開かれ、存在のスメグマはふたたび運命を結びつけ、盲なるレスビアニズムの星はまたたき、肛門愛が静寂を司《つかさど》る。

子どもの頃を思い出すのはいつも楽しい。ぼくらはブイコヴォに住んでいた。別荘地だ。松の木々が茂り、空港がある。三歳ぐらいの時に空港を見たときのことを覚えている。そこでは、何がどこにあるのか理解するのは恐くて難しかった。どこに空があり、太陽に照り映えるジュラルミンの平面がどこにあるのかを。そしてすべてが唸っていたので、地面が揺れていた。父はぼくの手をつかんでくれた。私たちはアパートの二階に住んでいた。一階がボイラー室になっていて、最上階に屋根裏部屋があり、屋根からは春の雪どけ水が流れ、一メートルほどの氷柱が下がり、住人たちはロープで体をしばって、雪下ろしをした。中庭は広かったが、残りの五戸のアパートは一階建てだった。そのアパートには、水回りが共同のコムナリナヤ形式の部屋があった。そこには子供たちがたくさんいた。面白い空間がたくさんあった。中庭の一隅にあるゴミ箱、屋根、物置、ニワトコの茂み。それは物置を支え、物置にも生えていた。〈物置はいろんなガラクタたちの墓場なり〉（I・ホーリン）。たしかにそうだ。そこにはガラクタや長持、ビンやボロ切れ、そしてドアや、鍵や、南京錠があった。それに菜園もあった。公明正大に、民衆的に区画された菜園。そこでは生育できるものすべてが生えていた。にんじん、ねぎ、蕪、ラディッシュ、トマト、花、ダリア、グラジオラス。夏になると松の木の間にハンモックが吊るされた。高い松の木はぎしぎしいい、地面は針葉で柔らかかった。

それはさておき……。

五、六歳の頃にある経験をした。中庭のもう一つの隅に穴があったのだ。というか、より正しくは**穴**だ。中庭にある下水道設備の排水用の穴だった。アパート全部にウォータークロゼットが備えつけられていたので、すべては、唸っているタンクの水で簡単に洗えて、水は床の下に消えていった。そしてその地面の下にも、ぼくたちの幸せな幼年時代の下にもパイプが通っていたのだ。それが穴に向かって一つに合流していった。正しくは**穴**に。そこにはハッチがあった。そして月曜日ごとに車がやってきた。タンクがついた薄汚い、暗い緑色をした、埃だらけの車だった。そして運転席から綿入り上着を着て、汚れたズボンと長靴をはいた男が出てきた。車の脇に巻いてあるごつごつした太いホースをはずした。といってもそれはホースではなく、ノズルであり、ないしは直径二〇センチほどのゴム製の防水管だった。そしてハッチを開ける。手で開けるのではなく、鉄棒でこじ開けるのだった。そしてハッチが開く。つまり、金属製の猛々しい音とともにこじ開けられる。すると**穴**には、喉元までどろどろした、わけのわからない色をした大量の液体がつまっているのが見えた。

サスペンダーのついた短い半ズボンをはき、白いシャツを着て、白いパナマ帽をかぶった五歳の少年であるぼくは、穴の近くにしゃがみこみ、目を大きく見開いて見つめるのだった。清掃夫の男もぼくを知っていて、古い友人のように微笑んでくれ、作業用の長手袋をはめると、穴の中に管を差し込むのである。穴はゴーといったりぴちゃぴちゃ音を立てたりして沈みこみ、ごつごつした水面の皺が次々と消えていった。すると車は低い音でうなり声を立てはじめ、どろどろは下に吸い込まれていった。ぼくはいつも穴から追い立てられた。穴のなかにはうんちが溜まっている、どうしてあれがいやじゃないの、砂場へ遊びにいくか、お絵描きでもしてなさい、とか言われ、あんたのように穴のそばに座っていた子どもが、かくかくしかじか、姿を消し、さんざん探し回ったあげくにとうとう穴のなかから発見されたとかいった話をして脅かされたものだった。それでもぼくは一度として清掃夫の到着をやりすごしたことはなかった。どんな見世物もその頃のぼくをそれ以上に強く引き付けたものはなかった。車体がゴーと唸り、ホースがぴちゃぴちゃ音を立て、どろどろが下から吸い込まれ、臭いは恐ろしいながら、魅力的で、ほかの何にも似るものがなかった。そしてそれが月曜日、次の月曜日と続くのである。あとでぼくは家のなかに同じような穴を作った。アルミニウムの缶を手に入れ、水を満たし、そこにごみやパンやかじり残し、紙や、入るものは何でも投げ込んだのだ。そしてそれがみな酸化して臭いを出すまで数日間寝かせておくのだ。それにぼくは同じ緑色をしたおもちゃのトラックを持っていた。私はその車体にどこか下のほうからガラス管を差しこみ、その首のところにゴムの管をかぶせる。それから二つの腰掛けを動かす。そのうちの一つの座部には穴があり、そこに缶を押し込み、座席の部分から少しだけ首が突き出るようにし、寄せられたもう一方の腰掛けから、車のように近づいていき、缶を覆った缶詰のふたを開け、管を落とすのだった。饐えた臭いがした。運転手台にはおもちゃの兵士さんが座っていた。そしてそこにしゃがみこみながら、唸り声をあげ、吠え、車のように轟音を出しはじめた。そして軽く車を揺らした。そしてそれが限りなく長い間続けられるのだった。車は近づいては離れた。当時はそれがもっとも強烈な趣味だったのだ。

解　釈——前思春期において幼児の主たるエロティックな経験が排便行為と結びつき、そこから、糞という彼らの満足の原因に対する子どもたちの高められた興味が生じることは周知の通りだろう。子どもたちは興味津々自分の糞を観察し、それについて話をする。そしてしばしば舌で試している。この場合、汚物を保存する場所である穴は、満足を感じる数多くの器官を蓄積する場所のように、この子どもを興奮させていたのだ。他方、穴のなかで溺れた子どもについての親の話は、子どもに無意識的な恐怖感を引き起こし、その恐怖は、地下にある保存所の境界があいまいであるため絶対的な性格を帯びたのだった。エロスとタナトスという二つの太古の力の影響のもとで、前者にしたがい、後者を避ける、という複雑な課題に子どもは立たされていた。そして彼は穴と車というモデルを作ることでその課題を克服したのだ。穴に限りなく近づいてはポンプで汲みあげ、そして立ち去るという行為を際限なく繰り返しながら、彼は同毒療法《ホメオパシー》的な魔術の原理を利用して穴にまじないをかけ、他方、すぐそばにしゃがみこみ、唸り声をあげながら、排便の行為をモデル化し、それによってエロティックな経験を満たしていたのである。

グージとナリムベコフについてはこれから述べるとおりだ。祖国の白樺の幹を愛さずにすむなどというのは概して理解を絶することだ。ロシアに生まれ育った人間がおのれの自然を愛さないだろうか？　その美しさを理解しないだろうか？　その雪解けの水に浸された牧草地を？　朝の森を？　果てしない草原を？　ウグイスの夜のさえずりを？　秋の落ち葉を？　初雪を？　七月の干し草刈りを？　草原の広がりを？　ロシアの歌を？　ロシア的な性格を？　だって君はロシア人じゃないか？　君はロシアで生まれたんだろう？　君は中学校に通ったんだろう？　君は作文を書いたことがあるだろう？　君は軍隊にいたことがあるか？　君は専門学校で学んだのかい？　君は工場で働いたことがあるか？　君はボブルイスクに行ったことがあるか？　ボブルイスクへ行ったことが？　行った、ボブルイスクへ？　行ったかい？　え？　ボブルイスクに行ったことがあるかい、え？　行った？　何を黙ってるんだ？　ボブルイスクに行ったことがある？　え？　何、横向いてんだ？　え？　うんざりした？　ボブルイスクに行ったことあるか？　おい、このちんぽこ？　ボブルイスクに行った？　行ったか、このボケ？　行ったか、このガキ？　行ったか、このアホ？　行ったか、この淫売？　行ったか、淫売？　行ったか、淫売？　何をぐたぐた言ってる？　行ったのか、このメス犬？　行ったのか、この淫売？　行ったのか、この淫売？　行ったのか、この淫売？　何をぐたぐた言ってる？　何を鼻息立ててる、このボケ？　で、どうなんだ？　ええ？　泣いてんのか？　泣いてんのか、このボケ？　何を鼻息立てて？　そうだろ、淫売？　そうだろ、淫売？　それで？　それで、この淫売？　それでいいか？　そうか？　そうか？　そうか？　そうか？　そうか、この淫売？　そうなのか？　そうなのか？　そうなのか？　そうなのか？　そうなのか、このメス犬？　そら、この淫売？　そら、このメス犬？　そら、この淫売？　ほら？　ほら？　ほら？　ほら？　そら、この淫売？　そら、このメス犬？　そら、この淫売？　そら、この畜生め？　そら、この畜生め？　ごたごた言いやがって、このメス犬が？　うんざりしたって、この淫売？

あれやこれや考えあぐね、自分と頭のなかで口げんかをした後でも、ぼくはついに立派に、ないしは不快にその顔を決定した。

私は生理分析学の方法でもって彼を研究し、パイナップル入りフルーツゼリーの層をとおして彼を子細に見やり、われわれの一緒の旅について忘れずにありとあらゆることを訊ねた。私は彼女をつかまえた。彼女はテニスボールの軽やかさでゲームを抜けると、身をかわして、無節操にふるまい、ギャランティーを要求した。私はそれを与えた。観念の青い浴槽に私はおとなしく身をしずめ、死んだ仏陀のように、そのまま動かなくなった。

私の落ちつきぶりに彼女は激怒し、泣きながら乾いたクレオールの両手を後ろに回すと、私のこの〈魂のエクササイズ〉を止めるように懇願した。彼女の信念によると、それによる犠牲は、名づけえぬほど恐ろしいものなのだ。

「口ではいえない……」と、泣き疲れた彼女は小声で言った。「口ではいえない……」

そして実際に言葉にならなかった。

私たちは広々としたヴィラに黙って住んでいた。そこのすれ減った階段が私はとても好きだった。頬をそれに押しつけると、石の冷たさとともに私のなかに、彼女の先祖たちのフランス・ゲルマン王朝が悠揚たる足どりで入ってきた。なぜかは知らないが、フランス人はいつも無区別のレベルにとどまり、ビロードのチョッキを着る人というあるアーキタイプにしがみついている。そのかわりゲルマン系は、私のスイス魂をとおして何の障碍もなく育ち、偉大な文化の生きた豊かな木となって知の空間に花開いたのだった。

その木はさわさわと葉をざわめかせ、木の実でからかった。

ゲーテとシューマン、シェリングとヘーゲル、バッハとクライストがそのヴェルテルたちやマンフレッドたちを親切に私に差し出してくれたが、私という知的な禁欲家のやかましい手は深みに消え、おそらくはもっとも感銘深い枝から望みの木の実をもぎ取ったのだ。

意志の自律はあらゆる道徳的法則とそれにふさわしい義務の唯一の原理である。というのも、恣意的な選択によるすべての他律はいかなる義務も生み出さないからであり、むしろその原則と意志の道徳性に矛盾するからだ。

道徳性の唯一の原理はまさに、その法則のどんな物質からも(他ならぬ望まれた対象からも）独立していること、と同時に、もっぱら普遍的な立法形式によって恣意的な選択を決定することにある。この立法形式には格言が当てはめられるにちがいない。


「で、その後は？」

「そう、ぼくらは客間に入ったんだ。そこは全部かたづいていた」

「なにが？」

「なにって、食器や食料だよ」

「だれもいなかったのか」

「いなかったね。守衛以外は」

「そうか。で、それからどうした？」

「なに、彼はビリヤード室に通してくれって頼んだんだ」

「なるほど」

「で、そこで上着を脱がせ、ビリヤード台に置いた」

「どんなふうに置いたんだ」

「うつぶせにね」

「なるほど」

「なに、ぼくも手助けしたさ。で、それからぼくらは彼に賭け金をかけた」

「どれくらい？」

「よく覚えてないな……二〇ルーブルぐらいかな」

「なるほど、で、それからどうした？」

「それからね……そう、やつがピストルを手にとったので、ぼくらはそれを……」

「賭金めがけて撃ちはじめた？」

「そう」

「で？」

「命中したさ。何発かはしくじったけどね」

「で、賭金は？」

「ぶっとんださ」

「守衛は？」

「やつは泣きながら、命乞いしていたよ」

「なるほど、で？」

「そう、やつはピストルをしまい、おれたちは書斎に向かったんだ」

「そこに何があったんだ？」

「やつは書斎で万年袋からオレンジ色のスプレーを取りだし、そいつを……」

「どうした？」

「なに、机にかけはじめたのさ」

「机の上には何があった？」

「書類と、そう、いろんな電話……メガネ、いろんなファイル……」

「で、どうした？」

「そうね、おれも青と金色のスプレーを手にとったんだ。おれたちも全部のスプレーをぶちまけだしたんだが、これがじつに気持ちよかったんだな。そこへビリヤード室の守衛がやってきたんで、おれたちはやつを丸裸にし、やつの体中を金色にしてだな、手のひらは青く染めてやった。テレビは黄色く塗った。そこで、鍵を取りだし、金庫入れを開け、金も書類も、中に入っているもの全部赤に染めてやったよ。その後で電話が鳴ってね、おれたちは電話をオレンジ色に塗ると、電話の音が止んでね、おれたちほんとう涙がでるくらい気分良かったもんだから、窓を開けて庭に出てだな、まず咲いてる花をそれから花壇を塗りそれからそばに寄っていくとそこにチャイカの新車と警備用の黒塗りのヴォルガが止まっていてそいつがみな真っ黒だったんでおれたちその車と警備員にもスプレーをかけそれから服をぬいで自分をシルバーにしてちんぽこの頭だけは塗らずに坂を川に向かって歩き出しエクヴァレングマイフレンドを歌ったそこには水があっておれたちは泳ぎだし歌ったそんなふうだったおれは泣いたよあんまり気持ちよかったんだおれたちは泳いでいったそしてそれが……何ともいえない気分で……」

「どうした？　どうしたんだ？　何でそんな話するんだ？」

「悪かった……べつに嘘いってるわけじゃないんだ、ただ心は泣いていて、頭は歌っているだけさ」

ナリンベコフがついに赤いハンドルを回した瞬間、軍曹のグージはシャフトから機関銃を突き出し、エスカレーターに鉛を浴びせはじめた。叫び声、号泣、女の金切り声がトンネルの空間を満たし、装飾された天井は粉々に吹っ飛び、弾丸はばちばちという音とともに光沢のあるなめらかなパネルを切り裂いた。

ナリムベコフは肩にかけた〈カラーシ〉銃を引き寄せると、引き金に力を入れた。

三〇秒後にはすべて片がついていた。

ナリムベコフは赤いハンドルを切り替えた。グージは、不要になって煙を立てている機関銃を脇に放りだし、脇で黒いユニフォームを着た当の売春婦が大の字になって転がっているガラス製の番小屋に近づくと、赤いハンドルを回した。エスカレーターはまた動き出した。ごつごつした階段が下の二人の勝利者の足もとへと遺体をひきずり下ろした。

血塗れになった死体の群れは小屋の隣で折り重なり、大きな塊をなしていった。

グージはヘルメットをとり、汗にまみれた額をさも気持ちよさそうに拭ってから、それから、それから、そう、どうしたのか、私にはさっぱり分からない。そう、コースチク賢《シモ》ースチクのところに一〇番街のほうへ向かいグルジャニシムルジャニ・ワインの箱を手に入れ途中レーレーチカシモレーチカとアーネチカシマネーチカを買い到着しコースチカをノックすると彼はクローゼットシモーゼットからひどい奇声をあげ、民警みたいに何をノックしとる、わたしはまだ糞をたれてなかった、あんまりばかげていたので、私とワーセンカシマーセンカはもうおかしくてたまらずだが私は一度もそんな声を聞いたことはなかったそれはもうかんたんでわたしはクローゼットシモーゼットからどうやればそんな声が出るのか分からないそこで私はさけぶなにあんたはそこで黙りこんでしまったかそれとも市場で食事したのかするとと彼は去勢馬みたいに嘶いて歩いてくるので私は言ってやったほらコースチクシモースチクは冗談がうまくていらっしゃる、海は待っている、女っこどもは退屈し、両手に両足かかえておっちんで突撃行進とスパートをしなければ、そう、その時もわれわれはまともに必要なものを集めて出発したが彼は朝からリュックサックいっぱいにイガイを釣ったそうしてわれわれは文化的に砂浜まで到達しいいかいぼくらはすわって酒をのみたき火を焚きそこでコースチクはまた自分の好きなセザンヌシメザンヌについてお得意のばか話をはじめたでも私にはできないまあ私は言おうあんたのセザンヌなんぞ私にはシメザンヌ私はそこではカンディンスキーシマディンスキーのことやクレーシメーのことを君に話しているわけじゃないだから君はまたピカソシミカソやユトリロシムトリロのことで私をせかす、私は君の言うヴァン・ゴッホシマンゴッホゴーギャンシモーギャンなんぞ見たくもない、われわれは別の世代でわれわれはジャズシモナズやアームストロングシマームストロングで育ったわけじゃなくビートルズシミートルズやローリングシモーリングで育った、オクジャワシモクジャワではなくあれやこれやのバルドシマルドじゃなくパンクシマンクで、ロックシモックで育った、私はヨガシモガをフィロソフィーシミロソフィーを、ハイデッガーシマイデッガーを、キエルケゴールシメイケゴールを、ヒンズーシミンズーを、ブッディズムシムディズムを、ベルジャーエフシメルジャーエフを、シェストフシメストフを、老子シムロウシを、マオ・ツズイシマオツズイを、クリシュナシミシュナを、ストゥルクトゥアリストシマクトゥアリストを、バルトシマルトを、ヤコブソンシマコブソンを、レヴィストロースシレヴィストロースを心から敬愛している。私の友達というのはたんにバンドマン偽バンドマンだけじゃなく女の子もいるたんなるアバズレじゃなく、アバズレもいる、アバズレもいる、アバズレ、アバズレアバズレアバズレアバズレアバズレアバズレアバズレアバズレアバズレアバズレアバズレアバズレアバズレアバズレアバズレ

アバズレアバズレアバズレアバズレアバズレアバズレアバズレアバズレアバズレアバズレ
アバズレアバズレアバズレアバズレアバズレアバズレアバズレアバズレアバズレアバズレ
アバズレアバズレアバズレアバズレアバズレアバズレアバズレアバズレアバズレアバズレ
アバズレアバズレアバズレアバズレアバズレ……

記念像

Памятник

フィークスがそこでやつの面をちょいと手直しすると、ぼくらはやつをテーブルに寝かせ、中国製のタオルで縛りあげた。ミーシカはアイロンを取りにいき、フィークスはやつに言った。ミールカの金はどこだ？ 体じゅう血塗《ちまみ》れながら、やつは口をつぐんだままだ、そこでフィークスはやつの胸にもう一度、拳骨を見舞った。するとやつはまるでヘラジカのように全身でぜいぜい息をしだし、ミーシカはもってきたアイロンのスイッチを入れ、ぼくはやつのシャツを顎の下まではだけた。そこでフィークスが言った。げす野郎、ミールカの金はどこだって聞いてんだ。やつはもぐもぐ言うだけだった。そこでぼくはやつの腹にアイロンをあてた。アイロンは熱くなり、やつは大声を上げはじめた。そこでフィークスは言った。げす野郎、ミールカとセルゲイの金をどこにやったって言ってるんだ。やつがあんまり大声を張りあげたので、ミーシカがその口にタオルを突っ込んだ。するとやつはイモリみたいにテーブルの上でもがきだしたので、ぼくはアイロンを押しあて、フィークスがやつのまたぐらをなぐった。するとやつは脱糞し凄まじいにおいを放った。ぼくはアイロンを放し、ミーシカがタオルを抜きとると、やつは白状した。寝室の床板の下にある。ミーシカとやつを残してぼくとフィークスは寝室に向かい、ベッドを動かし、ぼくが床に金梃子をうちこみ、寄せ木細工の床板をはがすと、そこに扁平な隠し場所を見つけた。全部で三六の新札の束があった。ミーシカが叫んでいる。あったか？　ぼくらは答える。あった、あった。そしてぼくのカバンにぜんぶの札束を詰め込んだ。フィークスは言った。やれやれ、これでやっとこさ一丁上がり。二人ともミーシカのところへ戻ると、フィークスが言った。ミーシャ、万事オーケーだ、これで祝儀の小便ができるってもんだ。そう言って椅子を動かし、立ったまま、ろくでなしの血塗れの口に小便をかけた。そこでミーシカが言った。おれがいま糞したかったら、まっさきにてめえの面だぜ。あいにくぼくも便意はなかった。するとフィークスは例の金の釘を取りだし、やつの物置へハンマーを取りにいき、そこにハンマーを見つけ出して言った。よぉ、げす野郎、てめえ、あの二つの指輪を覚えてんだろうが、てめえの糞食い野郎がおまえとセルゲイの指んこつめて抜きとったやつだぜ。男は黙っている。で、この釘てえのはだな、じつはこのおれがあの指輪で作らせたもんなんだ。そう言いながらフィークスはやつの額に釘をうちこんだ。男はまだ息があったが、金玉みたいにはあはあ息するばかり。やつの体からは糞の臭いが漂ってくる。そこでフィークスは言った。ちょっくら気晴らしといくか。そしてハンマーを振りあげ、やつの花瓶をぶち割りはじめた。ぼくとミーシカは寝室に入り、衣装棚を壊しにかかったが、それがなかなかしぶとくて壊れない。てっぺんに彫り物があり、扉の全面に古い曇った鏡のついた、背の低いマホガニーの棚で、ぼくらは油がぷんぷんするまっさらな金梃子で鏡と扉を叩きわり、こじ開けた。一瞬、ナフタリンの匂いに頭がぼうっとなった。衣装棚は、コートやら、毛皮の外套や、オーバーなどの品々がこれ以上入りきらないくらいぎっしり詰めこまれ、外に引き出せるかどうかも分からなかった。だが、まだ若くて、力もあり、熱い血が血管にたぎるぼくらを押しとどめることはできなかった。ミーシャは、いかにも穀物屋らしい、浅黒い、筋張った手で毛皮のコートの肩のあたりをひっつかむと、腐った歯でもひき抜くみたいに力まかせにぐいと前に引っぱりだした。ミーシャのやり口をまね、ぼくも北極狐の襟のついたカラクル羊のオーバーを引っぱりだし、床に投げ出すと、コートはぼくたちの足下でばらりと力なく体を開いた。陽気に声をかけあい、助け合いながら、衣装棚の中身をぜんぶ床に投げだすと、やがて、ナフタリンを呼吸する大きなかたまりが部屋の真ん中にひとつできあがり、驚くべきすがたで部屋の音響効果《アコースティック》を変えたのだった。ぼくたちの声はより柔らかく、よりくぐもった響きになり、間投詞はまるで毛皮と皮の混ぜものに包みこまれるみたいで、俗語や、卑わいな雑言はふしぎな緩やかさを帯びた。

さて、人間に欠かせないものとはそもそも何か。男は自分の家に入っていく――恐怖と孤独、そして何か、伝えようにも言葉にならない、ひどく身近で、それでいて冷たい敵意で人を遠ざける疎遠な何か――それがために胸が締めつけられ、目に涙が浮んでくるそんな何かを感じながら。それでも男はさらに歩を進めていく。彼は無意識のうちに理解している。いぶかしい対象が明け広げなために彼の記憶、聴覚、そして言葉はいつも無関心なままなのだということを。ひとは自分を裏切ったプライドを、一見血のつながって見える二つの現象、すなわち呼吸と無意志の間に運命線を敷くことのできるうす暗い苦しみの飛揚や墜落を決して許さない。この対話は、痛みと無関心と明察の、このもの言わぬ決闘は恐ろしいものになる。だが、過去に起こったすべては、いずれにしても、厳かで、記念すべき、二次的なものへの挑戦を広め、不朽のものにせんとするおのれの債権者をみいだすのだ。そして今まさに起ころうとしているのはそのことなのだ。まことの騎士――彼の壊された良心は疎外と苦境を求めない――のみがなしうる仮借なさで起ころうとしている。だが、彼の壊された良心は疎外や絶望をも許さない。呑気で世話好きな、忘却の喜びだけが理解され、受け入れられ、奪還されることだろう。何のために誤りを犯し、いぶかり、黙し、期待するのか？　過去に対する率直な見方を、崩壊によって傷つけられた心のはかない戯れからどうやって解き放つのか？　ああ、やり方は単純なのだ――記念碑を建てなければならない。この記念碑は、ぼくらが無能にも、ゆがめられた本性に依存していることの反証とならず、むしろ逆に、深刻さに対するロマンティックな知覚の深さと変節を痛感させる。ぼくらの信仰、ぼくらの熱心な恩赦請求もやはりこの単純な解決を必要としている。記念碑がぼくらを必要としているのではなく、ぼくらが記念碑を必要としている。誓約違反の呑気さを解消し、過去の過ちを無に帰する像を。

でも、だれが、その像を建てるのか？　ぼくが建てる。どうやって建てるのか？　なに、簡単だ。少し腰を落とした姿で、もちろん裸の、自分の複製をつくるのだ。そう。それから鋳型をつくり純金でもって自分を鋳造する。モスクワの都心にあるどこかの広場で、ビルを爆破してその破片を運びだし、自分の場所を掃除する。最後に、大理石の敷石で広場を舗装し、そのまんなかで、自分の黄金の体軀を、あらかじめ下にガスを引いておいた白軟玉の台座に載せる。よく晴れたある夏の日、並みいる人々の前で、明るいモーツアルトの曲にあわせ絹のヴェールがぱらりと落ちて黄金の像があらわになり、太陽に照りはえるお尻をちょっぴり突きだし、しかるべきお披露目の合図で着火した厳かなガス気流がお尻の真ん中から吹きだす。**永遠に燃えつづける屁に**――、台座にはそう刻まれる。そう。それがいちばん重要な記念碑になる。そしてその記念碑につづく道に草は生えない。生えないだって？　そう信じてるのか？　その通り。ひょっとして別の像が必要かもしれないが。たとえばカララの高級大理石を刻みあげた二匹の巨大な蛆とか。あるいはもっと別の像でもいい。乾くことのない膿の噴水とか。これも大いに役立つはずだ。でなければ、たんに脂身でもいい。要はただの脂身じゃなく大文字の**脂身**。あるいはいっそ**膿と脂身**といった具合にいっしょにしたほうがいいかもしれない。思うに、これが最適案だ。他方、もっとシンプルな案もあるだろう。たとえば蜜蜂の巣箱。二八の巣箱。その真ん中に石碑がある。たとえばこんな銘をそこに刻むのもいい。**訂正**。それとか**可能性**とか。あるいはかんたんに**ソビエト市民に栄光あれ**。さらにはもっと正確でぴったりくるのが**リューマチ性関節炎**だ。あるいはたとえば**アメリカ**っていうのもある。**施策のさらなる展開**っていうのもありだ。でももっと単純に**一塊遺産**っていうのもいい。こいつはけっこうキマっている。**同志ツィメルマン万歳**っていうのもいい。これとの関連で、もっと具体的なのも提案できる――爪。あるいはかんたんに**ツメ**。本当は**遺骸搾取**のほうがぼくは気にいっているのだが。これはもう文句なくいちばんぴったしだ。人間的な、党の責任という観点からは**マスターベーション・ダイアグラム**。キエフ出身のヴィクトル・ニコラーエヴィチ・ロゴーフは十

字架接吻という案を出している。仲間には**痕跡**とすべきだという連中もいる。リジア・コルネーエヴナ・イワノーワは名前じゃなく**八七二**っていう数字をつけてほしいという。セルゲイは**机上の愉しみ**という名前にしたいらしい。カガノーヴィチは、ぜひともこういう名前にしてくれと手紙で書いてきた。**骨に孔をくりぬき、臭い脂身をきれいに取り除いて、無事、児童食堂に持ち込む宗教改革の敵ども**。やつのライバルたるヴァスネツォフは記念像を**ヘラジカ**って名前にしてくれという。あるいは**水飼い場のヘラジカたち**。でなければ**中国症候群**。あるいはかんたんに**イワン・イワノーフ**。もっともかんたんに**すばらしいユダヤ人、その生活**。または**太陽殺人**。または**人工蕾**。あるいは**両親**。または**会陰部を舐めきよめる**あるいは**ぜひとも爛れた皮膚の匂いを嗅ぐこと**。あるいは**ライン河畔からきたプロメテウス**。またはごくシンプルに**ローマ**。または**マスこいてシビレてやがれ**。たとえばこんなのもある種の啓示と言っていい。**腐臭に壊れちゃいそうなタマーラ**。これこそが大理石のパフォーマンスにふさわしいとぼくには思える。あるいは**血溜りをぴちゃぴちゃはねかす世代**。あるいはこれまたぴったしの**ラリーサ・レズーン**。あるいは**ベルマン**。あるいは**氷泥をさらしものにする**。あるいは**おいら内緒でおふくろを姦《や》った**。あるいは国民問題に近づけるのもいい。**共産主義の永久勝利の名において、おいら内緒でおふくろを姦ったぜ！**　あるいは**ハレルヤシャクティ**。あるいはまったく平民的な**ミーシャがよろしく—**

発ヤれるようにグリーシャが歌いやがった。これと同じ文脈で**蛆虫連邦共和国大使館**というのもいい。あるいは農民の原典を参照すれば、問題を少しちがったふうに設定できる。**ポスト・アヴァンギャルディスト的情熱は平身低頭ぺこぺこさせる。**あるいは**ニコライはルイレーエフ通りに住民登録。**あるいは**不順なオリモノは、スンニー派拠点用軟膏の地位からアルハンゲル・ガヴリールを厳かに更迭するやもしれない。**あるいは友人が勧めてくれたように、**リャザンの子牛がモスクワの樫の木に角突いた。**あるいは精神的な一次性徴をともなう同じような名、**おなじみのビラビラを透き通った手で撫でなさい。**あるいはあるいはぼくの聴悔司祭が要求する**来て、ヒキガエルのように呼吸しなさい、ヴォロージャ！**　彼はまた**ローマ**のかわりに**チェック柄のきちがい沙汰**という名前にしたいと言ってきた。または、ボリシェヴィキ的反体制運動が要求するように**柱を立て、羊毛階級たる椅子は撲滅すべし。**あるいは迷信深い女たちが言い張っている東洋的な名前、**因果的思考の観点からみた象徴主義。**あるいはまるっきり野蛮だが、他方で心理社会的状況に適している**背徳的な確信**という名前。だが、こんなふうに仮定すると、ついには**アラビア習字手本が旧友の結婚の正式請求から疎遠なのと同じくらいファシズムはサビーナの系統分岐から疎遠**だなんてものにまで行っちゃいそうだ。あるいはまた**ボロジノの戦いの功績者。**あるいは**折れ目。**あるいは**男友達が負傷したら女友達が包帯してくれる。**また一方で**ドゥルバ**

ドロ・ソプリヴロっていうのもありだ。あるいは**ヴリパロとウルパロ**。委員会のある昼の決定に**表層的宗教性**っていうのもあった。こんな簡易モデルもある。**娘たちはちょこっと触ってみたかったが、宗教改革が許さなかった**。でも、ママは**デカノゾフの欲情**ってのを提案した。その一方、コムソモール集会は**ランプよランプ、おまえのかかあを鋼片《ブルーム》でおし潰せ**という案を議決したんだが。またはすっごくイカした**死刑を宣告された男女を見捨て、ウラジーミル・イリイチはジュネーヴに這っていった**なんて、ロシア・ドイツのこんなセンチメンタリズムもある。セリョージャの義弟は、**われらがスグリの朝**にしようという。太った女友達は**オスの動物の食い意地はメスの活性化に対立する**にしてほしいという。ごろつきどもは**ここでユダ公の皮はぎがはじまる**にしたいという。または**熊たちの湯気**。または**脳みその粉末**。または**閉じたタイプのひき肉の塊**。あるいは**資本主義は不滅**。または**ばら色**。または**戦艦が拠点を襲撃する**。または**腐りかけた性器への愛**。または**アンドレイ**。または**銀色の松林**。または**賭博用カード分配器**。または**ピースかヴラーソフ**。または**はらわたの盛大なる穿孔**。または**砂箱**。または**バヴァリア出身の娘**。または**ボールベアリング**。または**俺を斬れ、祖国よ!** または**出現一〇個**。または**植物標本**。または**新しいもの、それはちゃんと忘れられたもの**。または**裁判、審理ぬきで銃殺**。または**森の貧しい子ら**。または**マンハッタン**。または**制御不能の熱核反応**。または**基調の運搬**。または**新世代の洗濯**

機。打てよ太鼓！　または**少年百科事典。**　または**単純さ触診。**　または**人生に相渉るも易からず。**　または**ルーレットマシン。**　またはそんなふうにしちゃだめだおまえらどうしてそんなことしてるんだだめだそんなのだめだぼくがやりたいのはそんなふうにじゃなくてもっとかんたんにきみたちはぼくをいたくするそんなことしちゃだめだぼくはなにもかもいったいだめだぼくのほうがよくわかってるんだだめだぼくにみせちゃだめだてきにみせたほうがいいぼくのままのことはなすよぼくはままとぱぱをのぞいたんだままとぱぱはそこでよくないことをしてたんだぼくみちゃったんだぼくはいのったでもままとぱぱはよくないことしてんたんだみちゃってぼくはいのったままとぱぱはよくないことしてたぼくはくぎをもったこどもたちがこわかったあいつらぼくにいたいことしたからぼくくぎがこわくてあいつらくぎでぼくをめくらにしてやるみたいなこといっておどかしていつでもあいつらくぎとりだしてみせてくぎでぼくをおどかしてそれからかばんとかせんもんのきぐとかきかいとかでおどかしてあいつらぼくをまつでももってめくらにしてやるとかいっておどかしてあまいおかしみたいのをちらつかせてぼくにみせびらかしてぼくがめくらになるとかいってぼくのめはひけらかされたせいでしょぼしょぼしてすっぱいみずがにじんできてあいつらちらつかせてめがしょぼしょぼしてきてかわいてぼくはこわかったけどあいつらまいにちらじおとかでもとかでおどかしてぼくはないてままとぱぱがおどかしてめがしょぼしょぼしてきてぼくはないてあいつらなんでもつかってぼくをおどかしてぼくがないてめがしょぼしょぼしてきてかわかしてあいつらおどかしてくらいところでわるいことしてあいつらくらいところでわるいことなんでもやってあいつらそれでもぼくをおどかしてくらいところでわるいことしてあいつらそれでもくらいところでわるいことしてあいつらぼくにちらつかせながらくらいところでわるいことしてあいつらくらいところでゆらゆらゆれてぼくがないてめがすっかりかわいちゃってあいつらゆらゆらゆれてぼくこわかった。

あいつら、蛆野郎だ。

ソローキンの小説について

ドミートリー・プリゴフ

作家はしばしば自分の観察や考えそして仮説といったものすべてをごくありふれた日常的シーンに帰着させる。たとえば地下鉄の車内に父親と母親そしてまだごく幼い子どもが隣りあって座っている。子どもはだれもが知っているような可愛らしい遊びに熱中している。母親は微笑んでいる。父親は子どもと母親をちらりとのぞきこんではやはり微笑んでいる。そして周囲のみなが微笑んでいる。

自分なりの観察や考えそして仮説をもつ作者自身も、じつはしばしばこれと似たごくありふれた日常的シーンに帰着させられている。たとえば、同じ地下鉄の車内の、右に書いた幸せな団欒風景の向かい側に夫婦が腰をかけている。妻が夫に言う。「ちょっと見てよ。みんなああやって生きているのね。子ども連れでお客に出かけて行って、楽しんでいるわ」夫は何も言わずに頷く。だが、心のなかで彼は分かっているのだ。彼らが家路に着けば、子どもが泣き出し、母親は父親に、昨日ないし一昨日やるべきことをしなかったとか、したとか小言をはじめ、彼はそのことで何かをうっかり口にし、母親は大声を張りあげ、父親は罵り、彼女は泣き出し、父親は乱暴にドアを閉めて、友人かだれか飲み友達の家に出かけてしまうことを。(たとえ、こんなふうでなくても、だいたいが同じたぐいである)。地下鉄のなかでの団欒風景が嘘偽りであるわけでもなければ、そうした家庭での諍いの場面が間違っているわけでもない。

私たちはそもそも自分たちの議論をどこまでつめたか。私たちはチェーホフまではたどり着くことができた。まさに然り。ソローキンについて語ろうとするとき、私はどうしてもアントン・チェーホフに触れざるをえない。

チェーホフの作品では、まさに愛らしいデリケートで感動的な諸関係の皮膜が、表面に這いだし、息をし、その荒々しい息でもって繊細かつ鎮圧的な文化の皮膜を洗い流さんとする皮膚下のおぞましい(見ようによってはおぞましく、破壊的な)カオスをすっぽり覆い隠そうとしている。ここで言っておきたいのは、根っからの教養人で、かつ文化人でもあったチェーホフが、文化を守り、文化を慈しみつつ、彼自身は、用心深く、斜に構えた、ほとんど淫らともいってよいまなざしで(破れたスカートの下からのぞく女性のストッキングの端のように〉、折り返された皮膜のすそを観察し、それを予感し、それに惹かれながら、しかしいざとなると両腕を思いきり伸ばしてその皮膜をあわてて引っ張りはじめるということだ。彼はほとんど情熱と並み外れた努力でもって自分がすっぽりとこの文化の皮膜の中にあると考えている（〈人間においてすべては美しくあらねばならない……〉）。彼の戯曲では、どの穴にもすでにカオスが入り込み、それらを埋めつくし、ヒーローたちを窒息させていくが、滅びゆく人々の長い、熱い、教訓的な長広舌とは、いうなれば、同じ過剰努力のはけ口なのだ。事があれほどにも絶望的でなかったならば、それはじつにすばらしいことだろう（〈働かなくては、働かなくては、働かなくてはだめなの〉〈モスクワへ、モスクワへ！〉）。

近年、チェーホフのドラマトゥルギーに対して寄せられている紛れもない関心が物語っているのは、彼が立てた問題と現代が抱えているそれとの紛れもない類似であり、ある種の一致である。しかしそれと同じくらいに（それに決して劣らず）、違いもはっきりしている。だからこそチェーホフが話題となり、チェーホフならぬソローキンが、こうして人知れず話題となるのである。

類似する文化的皮膜の文化史的芸術価値的なパラメータを立てることなく、芸術家の目に映るそれらの現象という事実のみによって、次のことを指摘しようと思う。つまり、ソローキンが関わりをもつ皮膜がチェーホフのそれとおよそ異なるのは、たんに具体的歴史的事象《レアリア》だけでなく、根本的にはその志向《インテンツィヤ》なのだ、と。つまり、皮膜はもはやカオスを覆い隠そうとはしないものの、人間に近づいて、人間をすっぽりと包みとろうとしている。それどころか、人間それ自体に、人間の思考と感覚のかたちになりかわろうとしているのだ。皮膜は、人間に近づくことによって、人間にカオスをもぴったりと近づけるのである。

　そうした光景（チェーホフだけでなく、ソローキンのそれもまた）に対立するのは、世界の層状性という概念だが、それは秘教的な意識の領域である。文化の領域において私たちはつねにより高い文化的皮膜と、その下にある残りすべてと関わりをもっている。大変動やらクーデタ（必ずしも社会的なものとは限らない）の際には、すべて下層にあるものが上をめざして浮上し、疲れはてた人間的存在に血のみならず生命力をも与える。しかし続いて、文化的皮膜の表面上の努力ははや建設的でいきいきと意味づけられた努力になる。

　そしてもしチェーホフが文化のなかにすっぽりと自らを置き、エネルギー的カオス（ドストエフスキー、チュッチェフの〈近しきカオス〉）のなかに芸術的存続の手段があるとするなら、ソローキンは第三者的な観察者の立場を選びとる。それは、ともに生きる者たちの皮膜とカオスを認識し、観察する立場、すなわち自由の立場であり、右に述べた二つのものの継起性のなかで明らかに中間の場所をとる立場である。

さまざまな時代、芸術は文化やカオスと人間のさまざまな関係を解き明かすことを主たる課題とみなしてきた。作家がそのうちの一つを支えにすることは、他のものを否定することではなく、ある一定の時点での歴史と、その基本的なパトスを示す証し（作者本来の信条とは別に）だったのである。

今日、この現実を覆うために、二者択一的な一つの手段と描写の言語を作ろうとする（ないしは古いものの手段のどれかを利用しようとする）試みは、支配する言語の想像も及ばない固さの復元にとってかわり、すべては、支配する言語が課した力線にしたがって必然的にねじ曲げられていき、すべての新しいものがさらにもう一枚の層をなしてその皮膜の上に横たわるのである。

人間存在の、ある共通する、あいまいに調音された深層に訴える行為も、この皮膜の表面をただたんになぞるだけのものにすぎなくなる。繰り返して言うが、私がここで言っているのは、現代という具体的な時代について、文化的意識についてであって、宗教的ないし秘教的な意識についてではない。

だから、私はこんなふうに考える。つまり、ソローキンの立場は（彼が惹かれている芸術における傾向全体の立場もそうだが）、――自由ないしはこの時点での文化の基本的パトスとしての自由の可能性の理解は――たとえ唯一のものでないにせよ、まことにヒューマニスティックだ、と。そしてこの真摯な発見は、どこまでも残るであろうし、他の時代、理念、志向にとって生きたものであったすべての芸術作品がそうであるように、いつまでも読まれることだろう。現代の生きた血が脈うっている場所をはきちがえ、前時代の真実のシチュエーションを営々と再現するエピゴーネンと芸術家ソローキンを分かつものとはまさにそれなのである。

現前する具体的な特徴に触れるなら、——そうした芸術上のコンセプトは、ショック、境界、跳躍といった存在の諸要素をその存在論的な意味において明らかにする。それは、生きたる真理ないし生きたる事物（ドストエフスキー）、ないしは生活と記述の空間（チェーホフ）の自己表現とは異なる。

読者が、それらの縫い目や境界や跳躍をいきいきと真剣に経験できることが、作者のポジションがいかに誠実で、その才能がいかに疑いないものであるか、を示す証しとなるのである。

ドラッグとしてのテクスト

聴き手――タチヤーナ・ラスカーゾワ

――ウラジーミル、あなたの名前がいわゆる「もう一つの」散文の創始者たちの一人として公的にリストアップされたのはさほど昔のことではありません。あなたはつねに、伝統的なソビエト文学に対する二者択一的なスイッチの切り替えのなかで書いてきましたが、ひょっとして「他人の模倣」に苦しんだ時代はあったのでしょうか？

「うーん、かなり古い話ですね。私はそもそものはじめから自分は画家だと思ってきましたし、じつを言うと、小説を書いてみようと思ったのはやっと一四歳の時からで、とても短期間でした。その頃、私にはなんだか何もかもがあんまり簡単すぎるように思えて、面白くなかったんです。

七〇年代の中頃、私はモスクワのアンダーグラウンドの仲間、つまり、イリヤ・カバコフ、エリーク・ブラートフ、アンドレイ・モナストゥイルスキーといったコンセプトゥアリストたちのサークルに加わりました。当時はソッツアートがピークを迎えた時期でしてね、ブラートフの仕事には強烈な印象を受けましたし、多くの点で彼らは美学全体に対する私の考え方を変えてしまいました。それまで私は歴史的かつ文化的プロセスというのは二〇年代に断ち切られてしまったと考え、私はいつも過去に生きていたのです。未来派とかダダイストとかオベリウーといった連中です。ところがそこで突然分かったのです。われわれの怪物的なソビエト世界は、それ自身かけがえのない美学をもっていて、それを開拓するのはじつに面白いし、自分の法則によって生きており、文化的プロセスの鎖のなかでは完全に対等な存在だということがね。逆説的に見えるかもしれませんが、まさに画家である彼らによって私は小説の仕事へと押しやられていったのです。

私がだれか他の作家の影響のもとにあったとは言えません。というか、あれはカフカとナボコフとオーウェルを一つにしたものでした。でも、それはあまり長続きせず、やがて私はあからさまにソッツアート風に書き始めました。たとえば、最初の短編集は〈はじめての土曜労働〉と名づけられ、言ってみれば、中クラスの公式のソビエト文学の規範にもとづいて組み立てられていました。カルーガあたりの出版所ででも出ればよかったのです」

──で、実際にはどこで出版されたのです？

「今のところはまだです。この短編集は典型的にソビエト的な色合いのテーマを含んでいました。生産現場や地区委員会の日常生活からごくありふれた恋愛沙汰まで。こういうハードで規範的なスタイル、それによって生まれる登場人物たちを扱ったら面白いのじゃないかといった考えに引きつけられたのです」

──不条理の文学、モダニズム、ポスト構造主義、ポスト・アヴァンギャルドといろいろありますが、思うに、読み手というのは、自分たちの知的な処女地をあれやこれや区画整理してくれるこういったタームをどん欲に呑み込み、一生懸命にそれらの間の差異を理解しようとしています。コンセプトゥアリズム文学の〈典型的な代表者〉であるあなたから、精神的な解明を願っている世論に、それがいったい何なのかを説明していただけませんか。

「コンセプトゥアリズムの創始者の一人であるコシュートが気の利いた言い方でズバリ言い当てていると思いますね。つまり、コンセプトゥアリズムにおいてアクチュアルなのは事物ではなく、事物に対する関係なんだ、とね。コンセプトゥアリズムというのは、作品のみならず、文化全体に対し一線を画する態度なんですよ。つまり、〈ノーマルな〉作家とコンセプトゥアリズムの作家はどこが違うか？　それは、〈ノーマルな〉作家が、ナボコフやカフカが認められるように、読者によって認知される自分の文学的スタイルを持っているというところです。しかし私には、そんな選ばれたスタイルはまったくありません。私はたんにさまざまな文体や文学的手法を、その外部に留まって利用しているだけなのです。私のスタイルというのは、さまざまな手法を利用する点にあるのです。さっき述べた〈はじめての土曜労働〉は最近出た〈ロマン〉とは根本的に違っています。〈ロマン〉は偽ツルゲーネフ的な言語で書かれたもので、いかなるソビエト的現実も含んではいません。

でも、コンセプトゥアリストとしての私についてお話してもほとんど意味はないでしょうね。なぜなら、すでに一九八〇年代始めに、私は〈ニューウェーブ〉を通ってポストモダニズムへと皆と一緒にスムーズに移ってしまったからです。私の知る限り、今もって旗幟鮮明にコンセプトゥアリストを自認しているのは、レニングラードの作家のアルカージー・バルトフだけです。今はまだあまり知られていませんが、いずれ素晴らしい発見になると思いますよ」

——詩人のレフ・ルービンシテインがこんなことを書いています。つまり、言語が作家としてのあなたをとらえている唯一のドラマだ、あなたのテクストの言語は全体主義社会の〈ベニヤ板文学〉を反映しており、ある瞬間に〈発狂して〉、規格にあわぬように見えながら、実際には、新しいレベルでの規格になっている、と。それが意味しているのは、つまり、ソツィウムはあなたにとって二次的なものであって、あなたが社会に興味をもつのは、言語の担い手かつ言語を殺戮する者としてのみということでしょうか。

「まさにその通りです。私には社会的関心などありません。私にとって停滞時代であろうが、ペレストロイカであろうが、全体主義であろうが、デモクラシーであろうが、何でもいいのです。私が〈行列〉を書き、それが西側で訳されたとき、私はインタビューでしばしばソ連における行列の問題について質問されました。でも、私が〈行列〉に関心をもったのは、社会現象としてのそれではなく、ある特殊な言語的プラクティスの担い手として、非標準語のポリフォニックな怪物としてのそれだったのです。私の本はどれもこれもたんにテクストとの関係、さまざまな言語的層との関係にすぎないのです。高尚な、文学的なものから、官僚的なもの、検閲にふれる言語層にいたるまで。物事の倫理的な側面について人から言われても、たとえば、ポルノ文学とかハードな文学の要素をどうやって再現できるか、とかね。私にはそういう質問が分からない。そんなものたんに紙の上の文字にすぎないじゃないか、と思うわけです。

でも、なぜ、テクストそのものがこれほどまで引きつけるのか？　フーコーはこう言っていますよ。どんなテクストも全体主義的である、なぜなら、人間に対する権力を要求するからだ、とね。テクストというのは本当に強力な武器なんです。人を催眠にかけることもあれば、時として完全に麻痺させてしまう」

——あなたは言葉をとおして自分の読者の意思の自由の侵害をはからないのですか？

「言っておきたいのは、私は読者そのものなど一度だって考慮したことはないということです。おそらく、だから私がこの国であんまり活字にならないのでしょうね。私が魅了されてきたのはつねにテクストだけでした。私のやっていることがなぜ他のだれかに気に入られるか、今もって分かりません。これは私の個人的な問題、私の心の問題なのであって、私はたんに紙と向かい合ってそれを解決しようとしているだけなのです。

でも、われわれは言語について話をしました。コンセプトゥアリズムは文学を外から離れて見るチャンスを与えてくれました。私にとってジョイスとシェフツォーフ、ナボコフとどこかの住宅運営事務所の広告との間に根本的な違いなどありません。どのテクストにも私は魅力を見つけることができるのです。もっとも魅力的に見えるのは、まだ文学に取り込まれていない未開拓の領域、つまり、官僚的、役所的言語、精神病患者たちの言語、その書法ですね。私はソビエト期の文献をたいへん面白く読んでいるんです。たとえば〈全ソ共産党小教程〉といったようなイデオロギー的な文献から、戦後のスターリン主義的な長編小説がなんというかじつに驚くべき姿で現れている文学作品まで。私たちはまだ社会主義リアリズムを美学的に自律した運動とは意識していませんが、いずれはそれらすべてが見直される時がくると思いますね」

――それはつまりあなたがそうしたスタイルで書こうとしているということですか？

「いや、もう書いてしまいました。でもそこには一種のエルドラドがあるんです。一生避けては通れない大陸が。よく知られた、生産現場をテーマにしたものやら、農村をテーマにしたもの、あるいは家庭をテーマにした小説のほかに、たとえばＳＦがある。私はいま、一九四七年に書かれたネムツォーフの〈七色の虹〉という小説を読んでいます。これは、発明家のコムソモール員たちが片田舎に出かけていく話なんです。彼らは村で巨大な温室を掘り、地球のエネルギーを利用しながら、これまで目にしたこともないような果物を栽培しはじめるんです。これはもう驚天動地というしかない作品で、じつに独創的で、読者大衆に満足をもたらしている（ちなみに、昔私はＳＦを書こうと思ったことがあります）。

でも、私が「伝統的な」文学者たちや、文芸評論家と社会主義リアリズムについて話をしようとすると、彼らはこの伝統に対する倫理的な態度しか口にせず、ある人たちは無責任にも社会主義リアリズムなどというのは概して存在しなかった、あったのは、そして現にあるのはたんに良い文学か、悪い文学のどちらかか、などと主張する始末です。このことが物語っているのは、まだほんとうに少ししか時間が経っていないということ、われわれのノマ、つまり知識層には、たとえば、オベリウー同様、この社会主義リアリズムという伝統に対する、外側からの、純粋にエステティックな見方がまだないということなんです。このことを理解している人は今もごく少数なのです」

——あなたはソツィウムに対して関心がないとおっしゃいました。そのことは、あなたがいわゆる市民的感情、なにかをきっかけにして大衆と交わりたいという願望というか、それに類したものを経験する機会がなかったということでしょうか。

「いいですか、私は群衆にはいつも脅えてきました。一九八〇年代始めに、私とヴィクトル・エロフェーエフ、ドミートリー・プリゴフは〈エプス〉という奇妙なグループを組織し、時には聴衆の前で話すこともありました。私はその時いつも気まずい思いを味わっていたのです。私は、大衆や、人々の大きな集まり、社会的情熱、傾向といったものに魅力を感じません。おそらくそれは、〈地下に〉長く滞在したことから来ているのでしょう。その頃、私たちは小さなグループをなして生き、社会をまるでスクリーンの映像のように**外部から**理解していました。私とすれば、今も何も変わりはないのです。ついでに言うと、私は西側でもこれと同じような大衆との存在論的断絶を経験しています。大衆は、不安と、私生活に帰りたいという願望しか呼び起こしません。私が〈社会生活〉に関心がもてないのは、おそらくそれが人間の本質を変えられないからなのです。小さいものに私は同意しないのです」

——人間の本質は何をもってしても変えられないと思うのですが。

「そうかもしれませんね。だから私は絶対に非政治的であり、権力の座にだれがつき、どんな法律を出そうと概ねどうでもいいのです。私の興味は他の分野にあります」

――政治による政治、美学による美学。でも、あなたの作品を読むと、あなたにはおそらくは意識されない最重要課題がある、つまり歪んだ社会があなたのなかにたたき込んできたものすべてに唾を吐きかけるという最重要課題があるような印象を受けるのです。論理的に導きだされる次の一歩とは、あなたの文学上の同輩の人たちが行ったように、西側に出ることだと考えられるのですが。

「とんでもない。現実はすべてがもっと複雑なのです。生活全体に対する私の考え方というのは、穏やかな言い方をすると、控えめなものなのです。この諸形式の世界に人間が見捨てられたままあるという問題の解明に多くを費したハイデッガーが私はとてもよく分かるのです。毎朝、私は目を開くたびに、この体に押し込まれたものに非常な驚きを感じ、ふたたびこの世界で目を覚ますと、その驚きはしだいに重くうちひしがれた状態に転化していきます。モスクワ郊外のブイコヴォに住んでいた子どもの頃、父は三歳ぐらいの私を空港に連れてってくれ、私は唸りをあげる怪物を目にし、それに引きつけられると同時に恐怖を覚えたのです。そしてそれに相応する世界に対する見方は何年を経ても質的には変わりませんでした。その見方は具体的にはこの国家と関わりがありません。もちろん、こうした抑圧的な社会のなかで成長するということは、そうした状態を深めることを意味していましたがね。これは心の問題であり、その解決は文字の助けを得てはじめて可能になるのです。西側に出るとき、私たちが横切るのはたんなる地理的国境であって、存在論的な国境ではありません。私たちは石を詰めたリュックサックのように自分たちの心を携えて出ていくのです。そう、違いはさほど大きくはないのです。ここでも、向こうでも、腫瘍学の診療所はあります。『汝は死ぬであろう』と宣告されながら、人間がこの世に現れる価値をもつのはそこだけなのです。向こうでも人間はこちらと似たような運命を避けることができないのはもちろんです。しかし彼らは、純粋に外的に死の可能性そのものを取り除いてくれるソフトな生活によって、この避けがたい真実からなんとか気を反らしているのです」

——〈マリーナの三〇番目の恋〉という長編小説のヒロインはエロフェーエフの〈ロシア美人〉（邦訳〈モスクワの美しいひと〉）と多くの共通点があります。その運命も、仕事の種類も、レスビアン的嗜好も。仮りにエロフェーエフに登場するイリーナが、ロシアの救済というメタフィジックな理念にとりつかれているとすれば、あなたの小説に出てくるマリーナも、ロシアを救おうとするかのように、反体制派の人々と親しく交わりつつ、看護婦さながら彼らのセクシュアルな障碍を取りのぞいていきます。二つの小説のフィナーレが異なって見えるのは最初だけです。イリーナは人生にけりをつけ、マリーナはまず男と（相手の男は党オルグで、ラジオから流れてくるソ連国歌を聞きながら）オルガスムを経験し、反体制派の退路を断ち、いま述べた、何の不都合もなく責任を負わずにすむ（好都合に無個性化される）施設へと働きにでかけていく（つまり彼女もやはり滅びるのです）。単純でお人好しなソ連人なら（もしも彼がこの長編を読んだらの話ですが）、こう決めつけるでしょうね。反体制派の運動はどうやら社会的な自己表現の不能性よりもむしろ、セクシュアルな自己表現の不能性が原因らしい、と作者は信じこんでいる、と。そういうことにあなたはとまどいませんか。

「とんでもない。そういう問題設定は嬉しいですね。反体制運動に対しては、私たちに対すると同じように、社会的政治的な視点からしか見ないのは間違いです。これは大きなテーマですね。でも私が解決しようとしたのは、反体制派の人たちの問題ではないのです。〈マリーナの三〇番目の恋〉はヒーローの救済という古典的なロシア小説のジャンルで書かれたものなのです。これはトルストイの〈復活〉を裏返しにしたような小説なのです。全体主義社会において個人化というのは恐ろしい障碍です。反体制派の悲劇というのは、むろん、彼らがコンミューン的なソビエトの身体から切り離されたじつに個性豊かな人たちであったことです。ですから小説のフィナーレでマリーナは個性というものから〈解き放たれ〉、無個性の〈集団〉へと溶け合っていくのです。恐ろしいことですが、それは救いなのです。

ヴィクトル・エロフェーエフと知り合ったとき、私は、〈ロシア美人〉の存在を知りませんでしたし、彼も私の〈マリーナ〉のことは知りませんでした。二つが似ているというのは、思うに、現代のヒーローは今日まさに女性に、女性的タイプに現れうるということを物語っています」

――あなたが外国で認められ、ロシアで幅広い人気がないのが残念なのですか。

「反対ですね。すでに申しましたように、私は、私の作品がだれかの興味をひくということに、気まずさや困惑を感じているのです。私は自分の作品を自分なりの心理身体学的な問題の枠のなかで理解しています。しかし西側で翻訳に携わっているのは主として、スラヴィストたちであり、彼らは作品を独自の書法、ある種の素材として研究しているのです。それなら私には分かるし、私はそれに満足しています」

――つまりロシアではあなたはだれにも原稿を渡さず、だれもあなたの原稿をお世辞めいたコメントをつけて突き返すようなことはなかったということですね。

「そうです。でも、だからといって、それを出版するのを私が断っているわけではまったくありません。唯一の条件、それは私が省略を許さないということです」

——仮にあなたの作品がここで広く活字にされ、あなたご自身何らかの文学的〈エンブレム〉となり、アイトマートフやエフトゥシェンコのような文学的神話になるのは恐くありませんか。うまく流れに乗れば、「ここ」ではすぐにでもそれが起こることになります。

「そんなことは問題にはならない、と思いますね。私が属している文学のタイプが大部分に呼び招くのは否認ですからね」

——でもうまく宣伝ができれば……

「意味があるとは思えませんね。エフトゥシェンコとか、アイトマートフといった人物は社会的関心をもち、ある程度彼らにとって文学は政治的な活動、〈社会的な潰瘍を治療する〉ための動機なのです。だから、大衆に分かりやすい言語が生まれるのです。彼らは民衆のためにものを書いていますが、私は自分のためにです」

——文芸批評をどう思っていらっしゃいますか？　あなたのお考えですと、あなたは、自分が読者に〈蒼ざめた天使〉の姿で紹介されるのがいいということです。この〈蒼ざめた天使〉では、〈オヴィディウス風の永遠の青二才とドラキュラ、かすかにヴァイブレートする目をしたあのシネマ的な美丈夫ドラキュラが結合している〉という……。

「それはちょっと言いすぎですよ……文芸批評については一言だけ言うことができます。つまり伝統的であるということです。ロシアではいつもあったことですが、文学に遅れをとっているわけです。おそらく、批評家は記述している対象から別のジャンルへとさらに〈逸脱〉しなければなりません。たとえば、演劇の世界で起こっているいろんなことにしても、ぼくの芸術仲間たちのほうがどうもよく見えている。多くの文学者は絵画や映画にクリエイティヴな状況を十分に感じている。既成のジャンルと一線を画して他のジャンルに他の領域に進出すること、これはたいへん有益なことです。然るにわが国の文芸批評が唯一漂流していったのは、時事評論と社会学です。それがそのまま半世紀以上も続いているのですから、憐れみを禁じえませんね」

――文学の何にあなたは吐き気を覚えるのですか？

「ときにはテクスト全般にです。とくに書いている時です。ですから、自分の職業がおおむね文学ではなく、グラフィック画家であることをうれしく思うわけです。それでもって気分転換ができますからね。なにしろ時々どんなテクストにも吐き気を催すのですから。ですから私はよく選んで読んでいるわけです」

――あなたにとって創作上の自由に限界が存在しますか？

「これは純粋に技術的な問題であって、絶対にモラル上のものではありません。テクスト、テクスト性に関係するものはすべて十分に文学たりえるのです」

森とテロル――解説

ソローキンというテクスト

静寂のヴェールに包まれた昼下がりの森の小道を、銃を下げた狩猟官と青年の二人がとりとめもない話に興じながら歩いていく。やがて目前に狩場が開け、青年はリュックに入ったカセットレコーダーをロープに結わえつけると、一本のエゾマツに高々と吊しあげた。やがてこんもり茂るみどり色の葉陰から、ヴィソツキーの悠長なシャガレ声が響きはじめる。すると、その声におびき寄せられたかのように、一人の男が森の端に姿を現した。静かな青空にさんざめく四発の銃声。獲物に駆け寄った二人は、蟻がむらがる男の死体をナイフでえぐり、抜きとった内臓をたき火にかけて初猟のささやかな祝宴を張る……。

思わず顔をしかめたくなるような、人工的で、あざといプロット。何よりもおぞましいのは、二人が交わし合う言葉の穏やかな響きと、獣性をむきだしにした行為との断絶である。彼らの行為には、一切の動機付けが欠け、法を侵すことの恐れも、罪の意識さえも存在しない。このようなことが果たして現実に起こりえるのだろうか。惨劇が繰り広げられるその森は果たしてロシアの森なのだろうか。

ウラジーミル・ソローキンの小説「シーズンの始まり」を読んだ読者が、最初に捉えられる疑問とはおそらくそのようなものだろう。むろん、これがロシアの現実だとしたら恐ろしい。人間の死に対する冷酷なまでの無関心。どのような形容も受けつけない殺伐たるニヒリズム。しかも、彼らの行為には欲望の暴走といった言葉さえとうていあてはまらない。すべては静寂のなかで、突如として生起するのだが、登場人物のだれ一人それに恐怖を感じる者もなければ、驚きの声を挙げる者もなく、死者たちでさえ自らの死を従容として受け入れているかのように見える。読み手に恐怖を呼び覚ますことのみを目的とした俗悪なポルノグラフィーと割り切ってこういう小説とはおさらばしたい。だが、興味半ばに読み進めていくうち、読み手はやがて、テクストの表面にざわざわと泡だつ笑いとエロスの縛りに魅せられ、だれのものともしれぬ深層の声に耳を奪われる。人間に襲いかかる運命の不条理とは、ひょっとして、このようなものではないのか……。

ウラジーミル・ソローキン——現代のロシアで、ヴィクトル・エロフェーエフ、ヴィクトル・ペレーヴィンらとともに、今やポスト・モダン小説の象徴的存在となった彼の文学上の戦略とは果たして何か。その辺りを理解するには、あらかじめ彼の文学的経歴を知っておくのも無益ではなかろう。ソローキンは一九五五年にモスクワ郊外のブイコヴォで生まれ、グプキン記念石油ガス大学で学んだ後、当時、最先端にあったコンセプトゥアリズムの運動に身を投じた。ドミートリー・プリゴフ、アンドレイ・モナストゥイルスキーらを擁するこの運動は、世界をひたすらテクストとして相対化し、テクスト化された断片のモンタージュによって新たなコスミックな感覚の創造をめざすソッツアートの一派だった。ソローキンはおそらく、彼らとの出会いをとおして世界＝テクスト、すなわち外部的記号としての現実という認識を徹底させ、それを具体化する方法論に磨きをかけていったとみられる。

ソローキンの才能が注目されるようになったのは、一九八五年にパリで出た長編小説『行列』だった。ソビエト市民にとってごく日常的な光景を、ポリフォニックな言語のざわめきとして戯画化した小説だが、そこには、極度に後退した第三者の視点から世界をある全体的なものとして眺めようとする志向、さらには限りなく多様な言語の身振りに対する俊敏な想像力が働いている。しかし、この時期の彼の代表作である『ノルマ』『ロマン』などの長編小説は、あまりに過剰な暴力《バイオレンス》とスカトロジーゆえ、検閲が廃止されたペレストロイカ以降のロシアでも容易に活字にならなかった。そうした状況に風穴をうがったのは、ソ連崩壊の翌九二年に始まったロシア・ブッカー賞で、中編小説『四人の心臓』がその最終候補作にノミネートされた「事件」である。仮にそれが賞そのものをショーアップするための企みに過ぎなかったとしても、ソローキンの名はこれによって一躍文壇に知られ、彼のテクストはそれこそ雪崩をうって出版されるようになった。とりわけ一九九四年から九五年にかけて、ペレストロイカ時にすでに完成されていたほとんどの代表作が出版され、九五年の第四回目のブッカー賞では、日本でも翻訳のある長編小説『ロマン』(望月哲男訳、国書刊行会)で再び最終候補作に選ばれるにいたった。

現代のソローキン

『愛』以降のソローキンは、それこそ「怪物的な」変貌を遂げつづけていった。たとえば、『ロマン』にみるラディカルさは、少なくとも方法面では後退したが、テーマ性、プロットの大胆さにおいては、むしろ異次元の領域に足を踏み入れたという言い方が正しい。私たちはその足跡を、主として松下隆志の精力的な仕事を通して垣間見ることができるが、最大のポイントは、歴史のコラージュ化という着想に集約されると思う。べつの言い方をすれば、ロシアの歴史と世界の運命にたいする新しいヴィジョンが提示されたということである。そしてそれらの試みは、ロシアにおけるアヴァンギャルド、ポスト・モダンの芸術が、二一世紀の現代でどう展開したかを見きわめる最高の尺度となる。

次に、二一世紀の現代におけるソローキンの歩みを簡単に辿っておく。

二〇〇一年、ソローキンは、ロシア・ブッカー賞読者部門賞を授与され、人気の確実な広がりを証明して見せたが、同年には、ロシアの文学賞の中でもとくに誉れ高いアンドレイ・ベールイ賞も受賞し、批評界での評価の高さを裏付けた。とくに彼の声価を決定づけたのが、『青い脂』（一九九九年）だった。『青い脂』は、二〇世紀のロシア史を縦に切り裂き、二〇世紀と二一世紀中葉の二つの時代を舞台に、グロテスクなアイロニーの味付けによって、奇怪な歴史ファンタジーを織り上げた近未来小説だが、そのあまりにも偶像破壊的な描写が極右派青年組織の反感を買い、猥褻裁判にまで発展した。その後、『氷』（二〇〇二年）、『ブロの道』（二〇〇四年）などの問題作が登場し、一作ごとに話題を呼んだが、今日の視点から見てもっとも衝撃的な予言性をはらむ小説とされるのが、後ほど少し触れる『親衛隊士の日』（二〇〇六年）である。他方、二〇〇五年に、モスクワのボリショイ劇場でソローキンの台本によるオペラ『ローゼンタールの子どもたち』（音楽は、レオニード・デシャートニコフ）が上演された際、劇場前に用意された発泡スチロール製の便器にソローキンの書物を投げ込むといった示威行動が展開されたことも、今は語り草となっている。その後、ソローキンは、映画のジャンル（『標的』『ナースチェンカ』）にも触手を伸ばし、また、アーティストとしての活動も再開した。二〇一七年にターリン肖像絵画館で開かれた展覧会では、古典主義からポスト・モダンにいたる種々のスタイルで描かれた二〇点の油絵ほか、数点のグラフィックアートが展示された。

文学賞関連の話題で、さらに一つ挙げておきたいのは、二〇二〇年のスーパー・ノース賞受賞である。この賞は、ミハイル・プロホーロフ財団が二〇〇九年に設立した、ロシアでもっとも権威のある文学賞の一つノース賞（新文学賞）の拡大版で、アメリカに拠点を置く作家、批評家たちによって選考がなされた。スーパー・ノース賞は、過去一〇年間のノース賞受賞者をさらに篩にかけて、ナンバーワンを決める、まさに「スーパー」な賞なのだが、そこで選出されたのが、ボリビアから流入した謎の疫病を主題とするソローキンの近未来小説『吹雪』（二〇一〇年）だった。

次に、ソローキンの政治的発言にもひと言言及しておきたい。批評家アレクサンドル・ゲニスは、ソローキン文学のもつ政治性を念頭に置きながら、「二〇世紀においてソルジェニーツィンが果たした役割を、ソローキンは二一世紀において演じている」と評したが、ゲニスがここで念頭に置いた作品の一つが、先にも触れた近未来小説『親衛隊士の日』だった。物語の舞台は、二〇二八年、ロシアは、すでに巨大な壁によってヨーロッパから隔絶され、物心両面で中国の支配下にある。外国製品が並ぶスーパーマーケットはもはや存在しない。と、ここまで書けば、この小説のもつ予言性は、たちどころに明らかになる。ソローキンのポスト・モダン的知性が、いかにリアルにロシアの未来を透視していたかを物語るもので、『親衛隊士の日』に予言的に啓示されたロシアの孤立は、ついに現実のものと化してしまった。言うまでもなく、ロシア軍によるウクライナ侵攻（二〇二二年）である。侵攻直前にロシアを出たソローキンは、ベルリンで「過去からのモンスター」と題する激烈なプーチン批判を発表し、世界的な話題を呼んだ。そこでは次のように記されている。

「ロシアの権力原理は、この五世紀の間、微塵も変わっていない。私は、このことがわが国最大の悲劇だと考えている」

「誰を非難すべきなのか。われわれ、ロシア人だ。そしてプーチン政権が崩壊するまで、われわれはこの罪を背負わなければならない。なぜなら、それは確実に崩壊するからだ。自由ウクライナへの攻撃は終わりの始まりである」

コンセプチュアリズムのアーティストとして出発したソローキンだが、今では彼の小さな政治的発言すらもが世界の耳目を惹きつける稀有な存在と化し、ノーベル文学賞の有力候補の一人とみなされるに至っている。彼の政治的言説はつねに二重性を帯び、真意がどこにあるかをひと言で表現することは困難である。だが、彼が、みずからの爆発的な想像力を介しつつ、徐々にカリスマ的な力を備えたアジテーターとなりつつあることは紛れもない事実である。

ネクロフィリア、または突然変異の詩学

では、作家として出発点に立った当時のソローキンの詩学とはどのようなものだったのか。後に彼を評して、「現代ロシア文学のモンスター」と語ったのは、右にもふれたヴィクトル・エロフェーエフだが、では、どのような意味でソローキンは（彼のテクストは）「モンスター」だったのだろうか。ソローキンのもつ特質を大きくまとめて言うなら、従来の小説美学をことごとく破壊する文体上の実験や、暴力、スカトロジーといったテーマそのものの大胆さを挙げることができる。しかし、実験面での彼の最大の特質とは、他のどの作家にもみられない独自のモンタージュ性にあると考える。ここで敢えて、エイゼンシテインの映画を特色づける「衝突のモンタージュ」という言葉を用いたいと思うのだが、むろん、事はそう単純ではない。そこでまず、ソローキンが得意とした「切断」の手法に注目してみたい。冒頭に掲げた「愛」は、ステパン・モロゾフという一人物とワレンチナという女性の「愛」を語る物語なのだが、そこでは、愛をめぐっての一切の伝統的な言

説が欠落し、小説はわずかに二人の破局シーンに着目するにすぎない。物語は早々に中断され、およそ一ページにわたる半点ののち再開されるが、その時はすべてのディテールがその出自を失い、謎をはらみ、奇妙な生々しさを露わにしている。ソローキンのテクストが悪夢ではなく、現実であり、事実である、と読者に思わせる牽引力はまさにこの異化の力にあると考えられる。ところが読者は、そこで思いがけず、運命の不条理という、ある種のメタフィジックな感覚にめぐり会うことになるのだ。この分裂が意味するものとは果して何か。この点で「愛」に劣らず成功を収めている例が「真夜中の客」である。スプラッター映画まがいのこの小説が読者に喚起するのは、恐怖それ自体というより、むしろ時としてリアリズム小説が呼び起こすある崇高な情念、すなわちドラッグによる陶酔のさなか腕を切断された妻のその後の運命に対する気遣いや同情である。破壊的な扇情性と崇高さの同居、ソローキンのテクストの謎に満ちた部分はまずこの点にある。

ソローキンはしかし、たんに「切断」の手法によってのみ生きている作家ではない。モンタージュの手法が、辛うじてあるプロット上の一貫性を保ちつつ、物語として驚くばかりの可能性を示している例がある。それが「弔辞」である。森閑とした雨上がりの墓地で繰り広げられる奇妙な儀式。何よりも読者を驚かせるのは、葬儀で弔われるべき人物がまだ生きており、弔問客はじつはこれから自殺を図ろうとする人物の葬儀に立ち会っているという倒錯した設定である。しかも、通夜の席で主人公は、彼が心から敬愛してきた故人の教唆による殺害事件や故人とのホモセクシュアリズムを告白し、あげくの果てには、自分の性器を弔問客の一同の前にさらけだしてしまう。奇妙きてれつとしか呼びようのない物語なのだが、物語自体が喚起する情念の高さという点では、数あるソローキンの短編小説のなかでも一、二の傑作と呼べるのではないだろうか。

さて、ソローキンのテクストには、死体愛好（「愛」「真夜中の客」「競争」「シーズンの始まり」）、ホモセクシュアリズム（「しごとの話」「弔辞」）、スカトロジー（「寄り道」「セルゲイ・アンドレーエヴィチ」「可能性」「はじめての土曜労働」）などのモチーフが頻繁に登場する。無意識の闇を含みこんだそれらのモチーフが、フロイトのいう「超自我」としての社会主義リアリズム的スタイルと猥雑に溶け合っているところに大きな特色、ひいては、醍醐味があるといってよい。他方、そうした無意識への偏向が、彼のテクストにしばしば現れる文体破壊とパラレルな意味を帯びていることにも注意しよう。それまで線状的に物語を紡ぎ出してきたテクストが、ある時、突然変異を起こし、範列的な単位群として潜在する語彙を限りなく連鎖させたり（「記念碑」）、シュールレアリスム風の自動筆記に近い文体破壊を（「競争」「巾着」）生みだしている例がいくつかある。文体面でとくに興味深いのは、フォークロア的な語り口をまね、比類ない美しいリズムを醸し出している

「競争」のラストシーン、「道中の出来事」の最後で呪文のように唱えられる罵倒語の不思議な美しさ、「巾着」における卑猥なネオロギズム（「乳房」を意味するヴィド、「穴」を意味するブリド）、さらには「記念像」の命名をめぐって提案される「非公式」的なアイデアの数々である。それらはいずれも、社会主義リアリズムを模した文体と同一テクスト内にモンタージュされることで、小説全体を奇怪なパッチワークへと変えてしまう。しかしここで注意したいのは、そうした無意識ないし「非公式」の言語が、社会主義リアリズムの文体との間にいかなるヒエラルヒー構造を築くことなく、あるいはそれに対するプロテストとしての動機も認めがたい、という点である。ソローキンがインタビューの中でしきりに強調する美学的な出発点とは、あらゆる政治的イデオロギーを相対化し、世界のすべてをテクストという等価的観念によって文字通り「切断」することにあった。

ソローキンのテクストとは、このように、文体とプロットの双方の平面で、異なるレベルの素材をつぎはぎし、さらには、現実と非現実、過去と未来の幾層もの時間を多重写しに織りあざなっていくところに特長がある。であるなら、そのテクストに何らかの歴史的な固有性ないし国籍を問うことは意味がないということになる。

テロル＝ジェノサイドの記憶

しかし、果たしてそう言い切れるのだろうか。このような疑問を発することすら、ソローキンのいうテクストの精神に著しく反するともいえるが、あえて問題軸を探りあてることにしよう。取り上げるのは、「競争」である。この小説の中心をなしているのは、社会主義競争のテーマだが（テクスト中、スターリン時代のスタハノフ運動が言及されている）、たがいに同志であるはずの二人の主人公（ブジュクとローホフ）の間に微妙な諍いが生じるや（それが動機かどうかは定かではない）、ローホフは突然ブジュクの首に鋸を突き立て、ついには彼自身も断崖から川に身投げし、自殺する（シュールレアリスム風の自動筆記が接着されるのはそのシーンの後である）。この物語もまた、ソローキンのテクストにしばしば現れる無動機の殺人を扱っているが、面白いのは、断崖から川に身投げするローホフがその直前にブジュクの息子らを目撃するシーンである。不可解な謎と暗示に満ちたこのシーンにソローキンが目論んでいたのは、ひょっとすると、二つの世代、いや、永劫に繰り返される兄弟殺し（たとえばカインとアベルの神話に見られる）のテーマだったのではないか。ソローキンにおいて、父親ないし父的存在はつねに聖化されており、フロイト的な父殺しのテーマが介在することはない（「セルゲイ・アンドレーエヴィチ」「弔辞」が参考になる）。一方、争いを起こすのは、つねに同胞たる同志たちなのだ。飛躍を恐れずあえて結論づけるなら、ソローキンのテクストは、民族友好と兄弟殺しというそれぞれに矛盾しあう歴史的な記憶を同居させつつ、そのテーマには全体主義におけるヒエラルヒー構造がそのまま残存しているといえるだろう。

さて、ソローキンのテクストは基本的にモンタージュである以上、そこに現れる時間は、非歴史的ととらえるのが妥当である。だが、モンタージュされる個々の断片には、それぞれに固有な歴史的な記憶が刻印されている。そこで冒頭の問いに帰らなくてはならない。ソローキンのテクストに頻繁に現れる森は（本書に収められた一七編中、じつに半数において森がキー・モチーフとなる）、果たしてロシアの森なのだろうか。

「巾着」の冒頭で、語り手はこう語っている。「ロシアの森よりも私が強く愛しているものはきっとこの世にはない」。この言葉がソローキン自身の告白かどうか、を詮索することにはさして意味がない。しかし、ソローキンのテクストのなかで森がになっている役割は否定しようがないし、作家が森を人間の生命力の源と感じる一方、近代的な理性の解体の場所としてそれを位置づけ、強制収容所（ないしはテロル、ないしはジェノサイド）の原記憶を二重映しに甦らせていることは疑いない。ではなぜ、森と強制収容所は同居しえるのか。結論から先に言うなら、ソローキンにとって森とは、他者の根源的な不在、あるいは沈黙する他者、人間関係の剝奪の原風景であり、同時にまた根源的アナーキズム、絶対的自由、そしてそれゆえに神々しいばかりの死のシンボル、聖なる空間なのである。たんにジェノサイドばかりではない。森にあっては、排泄もまた、自慰もまた、無限の快楽と凶暴なエロスを呼び起こす行為と化すだろう。だからこそ、森の中での他者との出会いは、絶えず排除の意識から始まるのだ。

ソローキンの小説がはらむテロルと不条理のテーマは、しかし、かつてのソビエトが、そして現代のロシアが直面してきたある種のカオスをも体現する。彼がインタビューでハイデッガーを援用したのは決して偶然ではなかった。ソビエトの人々は（それは、現に今のロシアの人々も）、ユートピア（ないしデモクラシー）創造というユーフォリアの感覚と引きかえに、世界内における絶対的孤独を受け入れざるを得なかった人々である。ソローキンのテクストは、国家という目には見えぬ巨大な暴力と絶えず一対一で向かわざるを得ない彼らの根源的恐怖を代弁すると同時に、ありとあらゆる共同体の欠落と他者への不信を言語化する。いや、ソビエト全体主義のみならず、国家なき社会に生きる恐怖が、じつはソローキンの隠されたテーマといってもよい。この、カフカ的な（そして時としてヒッチコック的な）不安は、ミュンヘン郊外の強制収容所を訪れた主人公が奇怪な拷問を受ける『ダッハウの一月』に典型的に現れたテーマでもあったことを思い出そう。

嘔吐、哄笑、崇高

はるか四半世紀前の記憶に遡る。

一九九八年九月、地下鉄パヴェレツカヤ駅から北に五分ほど歩いたアド・マグリウム社の店内には、オレンジと紫をあしらったウラジーミル・ソローキンの豪華な二巻全集が所狭しと積み上げられていた。それぞれ八百頁を超える、現段階での彼の全集というにふさわしい作品集で、彼のテクストが一部のファンに熱狂的に支持されていることを物語っていた。その日、年来の知人ヴェーラ・フレーブニコワの紹介でモスクワの郊外にソローキンを訪ねた私は、彼の手料理による温かいもてなしを受けながら、例によってテープレコーダをセットし、インタビューに入った。彼のテクストを知る者にとっては意外なほど繊細でソフトな声の持ち主だった。時おり、その口元に浮かぶ柔和で屈託ない笑みにも私は驚かされた。やがて話題が映画に及ぶと、ソファ脇のビデオ・ケースからイワン・プイリエフ監督による『ナスターシャ・フィリッポヴナ』（五八年制作、ドストエフスキー原作『白痴』による）を取りだし、ムイシキン公爵とロゴージンがペテルブルグ行きの列車の中で言葉を交わし合うシーンを解説しながら、社会主義リアリズム時代の映画にすこぶる関心がある、何がおもしろいといって、その「ズジェーランノスチ」だ、と言い切った。私はこの用語を、パーヴェル・フィローノフの絵画との関連で知るのみだったが、彼はそれを作為的で非常にうまく（嘘っぽく）作られているもの、という意味で用いているらしかった。やがて話題は映画全般に移り、西側の映画で何が一番好きかとの問いに、彼が真っ先に挙げたのが、タランティーノ監督の『パルプフィクション』だった。私は思わず膝を打った。この一言によって、ソローキンのもつ独特の魅力を別ジャンルの視点からはっきりと見定めることができたように感じられたからだ。ソローキンのテクストに入る前に、私たちはさしあたり、『パルプフィクション』の、あの、荒唐無稽でスリリングな世界をこそ、素直に受け入れる準備から始めるべきなのかもしれない。

本書の刊行は、かつて国書刊行会に勤務し、今は河出書房新社で活躍する編集者、島田和俊氏の熱心な勧めによって実現した。そして今回、編集担当の神内冬人氏より、本書が新しい装丁のもとに再版される運びとなったとの知らせがあり、ソローキン文学の未来性に今さらながら驚かされた。もっとも、今から四半世紀前、本書の翻訳にとりかかった頃の私は、度重なる心理的ブレーキに悩まされつづけていた。本書に収められた短編の数々は、先に出た『ロマン』にもまさる暴力とスカトロジーに満ちた世界だったからだ。すべては紙の上の文字（ないしインク）、という作者自身の言葉も慰めにならず、翻訳者の定めというべきか、活字メディアがもつ強力な発情機能ゆえか、私は、文字通り、責め苦の毎日を耐えなければならなかった。ところが、ある日、「セルゲイ・アンドレーエヴィチ」

を翻訳中に小さな転換が起こる。ソローキンのテクストの表層に（夜空の星のように）穿たれている、神の部分とも呼べるいくつもの小さな穴を発見し、その喩えようもなく美しい輝きに気づかされる時が来たのだ。

ソローキンのテクストとは、一度目は嘔吐を、二度目には哄笑を、そして最後にはある種の崇高と限りない愛着を生ぜしめる奇怪な装置である。文字とインクとしての小説の可能性をここまでラディカルに追いつめた作家は、私の知る限り、現代ロシアではただ一人ソローキンしかいない。それは、多少、学者風の物言いをするなら、前世紀初頭の歴史的アヴァンギャルドの美学がついに到達できなかった地平でもある。

二〇二二年一二月

亀山　郁夫

亀山郁夫（かめやま　いくお）
一九四九年、栃木県生まれ。
東京大学大学院博士課程単位取得退学。現在、名古屋外国語大学学長。
著書に、『甦えるフレーブニコフ』（晶文社）、『ロシア・アヴァンギャルド』（岩波新書）、『破滅のマヤコフスキー』（筑摩書房）、訳書に、プラトーノフ『土台穴』（国書刊行会）などがある。

新装版《しんそうばん》　愛《あい》

ウラジーミル・ソローキン　著
亀山郁夫　訳

2023年2月14日　初版第1刷　発行
ISBN 978-4-336-07460-7

本書は、1999年1月小社刊『愛』に、
若干の加筆訂正を行った上、新装版として刊行したものです。

発行者　佐藤今朝夫
発行所　株式会社国書刊行会
〒174-0056　東京都板橋区志村1-13-15
TEL　03-5970-7421
FAX　03-5970-7427
Mail　info@kokusho.co.jp
H P　https://www.kokusho.co.jp/

印刷　株式会社エーヴィスシステムズ
製本　株式会社ブックアート
装幀　松本久木（松本工房）

落丁本・乱丁本はお取替えいたします。

新装版　ロマン

ウラジーミル・ソローキン／望月哲男訳

四六変型判／八〇八頁／五九四〇円

一九世紀末のロシア。村を訪れた弁護士ロマンが恋に落ち、やがて結婚する。祝宴の夜、祝いの斧を手にした彼は村人の殺戮を開始する……。想像力の限界を超えたスプラッター・ノヴェル。

新装版　夜明け前のセレスティーノ

レイナルド・アレナス／ファン・アブレウ文／安藤哲行訳

四六変型判／三二八頁／二八六〇円

亡霊が出没し神秘的な出来事が日常的なキューバの寒村を舞台に、少年と分身セレスティーノが生きる想像の世界。破格の構成と文体で描かれた、伝説的作家アレナスによる奇跡の傑作。

現代ロシア文化

望月哲男、沼野充義、亀山郁夫、井桁貞義

A5判／四四〇頁／五二八〇円

グロイス、エプシテイン、ルィクリン、カバコフ……。ソ連邦崩壊後のロシアで何が起こっているのか。二〇世紀の廃墟に生まれた新しい文化状況を、思想・文学・芸術といった様々な視点から読み解く。

ポエジア　ロシア・アヴァンギャルド5

大石雅彦、亀山郁夫編

A5判／四一六頁／四五九三円

革命の中核は文化革命であり、文化革命の中核は詩的言語の革命である——詩的言語のユートピアを夢みた〈立体＝未来派〉。既成の言語を全否定し、新たな言語を構築しようとした彼らの夢は今も健在である。